隐剑孤影抄

藤泽周平

隐剑孤影抄

[日本] 藤泽周平
李长声 译

译林出版社

目录

邪剑龙尾

一

从街镇往南十二里，在赤仓山脚下走进山谷中大约四里，就到了赤仓不动，女人的脚程当天就能往返。

桧山弦之助傍晚来到就接受祝祷，领了护符，进入祈殿。例年是母亲矢尾来进香，但去年秋天她腿疼，弦之助替她来了，这便成了他的任务。

春秋两度，本尊开龛示人。那时从街镇来谷间的香客塞路，都信仰其灵验，接受祝祷，领取护符，以祛除百病。有夜祷一说，来进香在祈殿中度过一夜，好像都是有特别的事情要祈愿或信仰笃厚的人做的，而多数人是当天回去。

母亲没夜祷过，弦之助去秋和今春来了两次，夜祷这次是头一回。

桧山家里，父亲弥一右卫门三年前中风倒下，从此病卧不起。听弦之助说要夜祷，母亲很高兴，但弦之助原本不过是想在山气当中过一夜而已。这件事掺和上别的色彩是昨天的事。

弦之助属于骑卫队。昨天在藩府中闲谈，无意之间透露了要去夜祷，同僚石毛数马便露出怪笑，附在耳边说了某种事。那是一种淫靡的传言。弦之助不由得脸红，却并不想因此作罢，反而隐隐涌起好奇心。去祈殿时他想起石毛说的话。

一进祈殿，里面挤挤插插，简直闷得慌。只有正面的帘子后点着两盏长明灯，人们所在的大堂中一片昏暗，能看出有五六个武家打扮的人。听说这里不管身份，武士、商家、百姓都可随便祈祷，一看果真如此，弦之助放了心。

那个女人跟他搭话是晚上，大堂中拿进来烛台，人们在光亮下各自摊开带来的饭食开始吃的时候。好像这里那里有人带了酒，甚至团团围坐，大声唱起歌来，晚餐在乱乱哄哄、热热闹闹的气氛中进行。

弦之助也打开带来的饭团。那是姐姐宇弥给做的，里面只放了梅脯，太不够意思了。嚼饭团时，那女人冷不防从背后搭话了。

女人在弦之助侧后，悄悄把放在细竹叶上的东西推给他——烤得很好的小鲷鱼。鱼是在藩西边捕捞的，海边的女人们每天到街里来卖。

“今早打上来的鱼，烤了带来，不介意的话，请吃吧。”女人说得很温柔。

那声音圆润，落落大方，语气之自然使弦之助去掉了多余的矜持。他无疑是被对方的美貌压倒了。女人有二十四五，看上去年龄跟他相仿，是武家女人，牙齿用金属溶液涂过，也就是说，她是有夫之妇。

“这可太款待了，那我就不客气了。”

弦之助这样说，但在手移到鱼上方时却踌躇了——没有备筷子。看见他的样子，女人笑了，声音清亮。

“对不起，没有筷子，在这里就这样……”女人随便用手指揪了块鱼肉，“好像就是这么个吃法呀。”

“可不是吗。”

弦之助马上也撕了块鱼肉。不知不觉的，弦之助和女人面对面了。周围人大声说话的，笑的，吵吵嚷嚷，好像没有谁注意他们。

和弦之助相向，女人也没做出扭捏的样子，啃三角饭团，撕鱼片，还让弦之助吃咸菜。她眼睛俊俏，略厚的小嘴颇有魅力，看来性格很爽快。

“常来这里吗？”弦之助问。

“不，是第二次。今年春天也来过，就这么做夜祷的。”

“真够乱的，我是头一回……”

“不装模作样，不好吗？”女人用手掩口，吃吃地笑了，“在街里可不能这样。”

“确实。”

弦之助渐渐放松了。这是一种不拘礼节的酒宴，如此一想，就觉得喝酒唱歌那帮人快乐死了。

“你有什么祈愿吗？”

“有啊。”

“我是替母亲来的，父亲长年卧病。”

弦之助说着，有种奇妙的心情，仿佛的确为此而夜祷，登谷道时抱有的好奇心不知丢到哪里去了。

吃完饭，祈殿中逐渐静下来。更深，寺仆来了，只留下一个烛台，把其余的灯火都熄掉。这时睡觉的人多，没睡的人少。

“看来就只有睡觉了。”

弦之助说，女人低声笑了。

“好像是吧。”

但二人都没躺下。昏暗中背靠壁板，弦之助想着旁边女人的事情：肯定是哪个藩士的妻子，一个人来夜祷，胆子够大的，不过，总是有很重的心愿才会这样来祝祷的吧。

弦之助还想，大概石毛说的就是这种事。睡觉的人有男有女，像一堆小杂鱼一样挤挤插插。要说猥亵，没有比这更猥亵的景象了，但奇怪的是这种感觉并不明显，可能因为这里是灵地。

身边有一个美得教人心猿意马的女人。近在咫尺，身子一动肩膀就碰到她。要说不动心，那是假话，但弦之助提醒自己别动那种心思。她是有夫之妇，而且弦之助的好奇心已得到充分满足。

奇妙的夜越来越深。

不过，必须说弦之助的判断未免太简单了。他渐渐发觉有人起来，悄悄溜出去。又一个人，是女的，到外面去了。接着，又有男人抬起半身，忽地站起来，跨过睡着的人出去了，像影子一样悄无声息。

“哎……”弦之助侧身对女人低语，“他们去哪儿呢，好像外面有什么。”

“看月亮吧，外面月亮很亮。”女人低声回答。说着，手指冷不防地跟弦之助的手指交叉。“不出去吗？”

弦之助微微打战，想起了石毛的私语和淫笑。

赤仓不动在地势很好的地方，简直像是在显示选那里建庙供神，眼光多么正确。谷间狭隘，一路走到这里就变成台地，豁然开阔。大概当初只建有正殿，但参拜的人增加，在旁边另建了祈殿。祈殿比正殿大三倍，台地上容下这两个建筑还剩有一大片空地。

空地上长着松树、杉树，只铲除了下面的杂草，白天从疏落的树间能遥遥望见下方的开阔原野和街市，简直是富有野趣的庭园。赤仓山从台地背后忽地陡峭，通往顶上的路更细了。

弦之助跟在女人后面穿过堂前的草地，进入前面的树丛小路。不一会儿，脚下响起枯草的窸窣声。月光从树枝间照到地上。

穿过林间，那里是台地的尽头，能看见青白的月光映照着台地下延展的山峦。昏暗的谷间，东坡昏暗地峙立，西坡明如白昼。山脚下露出了一片原野，但街市被白霭似的东西笼罩着，不知所在。

“看见了吗？”女人回头说。映着月光的脸上浮起怪异的笑，弦之助的喉咙咕噜了一声。

只见月光照射的树根处，树间一簇芒草的背阴处，不知有多少对男女在敦睦，也有女人公然叫出声。莫非是因为月亮过于明朗，竟然不可思议地没有猥亵感，甚至觉得像是看见在清冽的月光和山气弥漫中的另一个世界的秘境，男人和女人肆无忌惮地举行着性的盛宴。话虽这么说，可事实上弦之助的脑袋从刚才就麻痹了。他呆呆地回看女人的脸。

“听说来夜祷的男女都在这一夜摆脱世间的清规戒律，随意缠绵。您不知道？”

“……”

“真的呢，在这月光下……”

女人仰望天空，然后回过头来，倏地拉起弦之助的手，手指交叉。

“要是怀上您的孩子，那该多幸运啊。”

“……”

“您是桧山弦之助大人吧，云弘派……我知道呀。”

“你是……？”

弦之助好不容易才张开嘴，但女人轻轻摇了摇头，好像一下子失去气力，倒进弦之助怀中。花一般的香气包裹了弦之助。

二

阪部将监说，就到这里吧，二人到武馆角落放水桶的地方擦身。

“怎么样，有几分长进吗？”阪部说。

他是队长，传闻近年可能晋升为位居家老之下的中老，才四十二岁。外郭中有一座藩武馆，叫励武馆，阪部每月三天跟弦之助习武。

藩里有一个叫服部十左卫门的剑术教头，传授单刀派。弦之助的父亲弦一右卫门也曾是教头，与服部不相上下，过去跟父亲学云弘派的人现今也择日跟弦之助练功，阪部队长即是其一。

弦之助早就被称作桧山门的麒麟儿，十八岁时当上师傅代理。不久被召到藩里，编在骑卫队，此后一时远离了武馆教练。但没有人怀疑他是桧山门正统的继承人，弦一右卫门病倒，仰慕云弘派的人便求教于他。

“啊，有几分吧。”弦之助说。

练完了对方就变成了上司。虽然看不出进步，却只能不触犯地回答。何况技艺如何且不说，阪部是相当投入的。

“回答得没劲儿啊。”

阪部用湿手巾哧溜哧溜地擦脸，看着弦之助，发出豪放的笑声。他身体肥胖，为人爽快。这种性格在藩里也赢得人气，大有被推上政坛之势。

“对了，以前就想问问……”阪部突然说，“听说云弘派有秘传，叫游龙回尾。”

“是的，不过……”弦之助警惕地盯着阪部回答，“那不是云弘派传下来的秘传，是家父独创的。”

“啊，是吗，是吗？”阪部显得兴趣盎然，“听说是不败的绝招，能传给弟子吗？”

“那不一定，父亲说看人传授。”

“哦，真是秘传哪。”

阪部低声赞叹，但弦之助担心了。父亲确实独创了一种刀法，名之为游龙回尾，知道此事的，包括弦之助在内，不过二三人。不知为什么，这一绝招父亲秘不外宣。

“队长听谁说的？里村吗？”

里村庄藏是桧山门高徒，在修建队供职。

“不，不是……”阪部露出有点复杂的表情，“那个人又来了，缠着要我让他跟你比试。当然我断然拒绝了。是他那时说的。”

“赤泽……是吗？”

“近来中老户田的儿子出入那个武馆，大概是这个关系，要求很强硬，真叫人腻烦。可能目的是比赢了当官吧，很不好对付。”

不用说就是这目的，弦之助想。他想起赤泽弥传次的样子，那个只见过一面的人。

赤泽七年前突然来到这里，在持筒坊租借了一座破庙，挂出单刀派教练所的招牌。当初没有一个人入门，赤泽在街镇附近做苦力，后来有了几个门徒，就选了街镇武馆提出比武。

街上有三家武馆，两家断然拒绝，但是叫镜喜兵卫的传授不传派的馆主接受了要求。比试在镜武馆进行。赤泽使出凌厉刀法，打败了镜。

这次比武一下子提高了赤泽的名气，而镜馆主受了打击，一命呜呼。人们对赤泽的印象因此蒙上阴森可怕的色彩。不过，这也许是赤泽本来就偏执的性格通过比武暴露出来了。也有人喜欢那种偏执，比武之后赤泽的门徒增多了。

赤泽接着干的事是托人向藩里的剑术教头服部十左卫门提出比武。服部当然不接受。服部每年数次给藩主纠正刀法，还以门徒为对手在藩主面前表演招式，凭他的地位不可能接受一介街镇武馆主的挑战。

向服部转达比武要求的是冈田八内，他与阪部一样任队长。冈田被主持藩务的家老训斥了一顿。

于是赤泽这回又找上弦之助。今年春天他亲自来唐物坊的桧山家。弦之助当然一口回绝。弦之助肯定是云弘派的传人，但不是馆主。他的身份是藩士，在藩府执勤，非常不自由。武馆虽留着，但父亲倒下以后一直关门，如今不过是里村等弟子偶尔来出出汗的地方。

赤泽并不就此罢休，后来又通过阪部执拗地反复要求。阪部以弦之助的父亲弥一右卫门毕竟是藩教头为由拒绝，可今天阪部却显得有点底气不足，或许中老户田织布介入了此事也说不定。从阪部的口气也并非听不出这个意思。户田心胸狭隘，往往偏执于一事，也许正是这种性格与赤泽合得来。

“算了，且不管他……”

换了衣服，走出励武馆，阪部又恢复了刚才的好奇心。

“真想见识一下游龙回尾哪。”

弦之助目送着阪部的背影，心中涌起一种预感：恐怕不得不接受赤泽的挑战。

他在心里再一次描绘了赤泽的模样。那印象以一言蔽之，就是一个剑鬼。见面说话之间那种异样的压迫感他现在还记得。比武不会轻易失败，但自己也没心思争胜。

不败的游龙回尾——

弦之助的身体微微震颤，他还不曾见过那刀法。

三

明知靠着寺庙的土墙、双臂交抱在袖筒里的人是赤泽弥传次，但弦之助不予理睬，要径直走过去。赤泽马上从土墙挺身而起，挡住去路。

弦之助只好站住。

“有什么事吗？”

“当然。”赤泽耷拉着双手说。

这里是通往唐物坊的坡道半腰，太阳从坡顶斜斜地溜到路上，不久就要落到坡背后。阳光是这般微弱。

赤泽背着阳光，蓬松的头发金灿灿。面部呈阴影，高高凸起的颧骨、眼角上挑的细眼、紧抿着的大嘴直冲着弦之助。身体瘦长。与上次相遇时一样，衣着粗劣。

“有事就快问，在这儿伏截总不妥吧。”

弦之助说，赤泽哧哧地笑了，然后放低声音说：

“是不想让人听见。”

“……”

“俺无所谓，你可就麻烦了。”

弦之助默默盯着对方。不知有什么事，好像未必是等在这里硬要比武。

“是俺的老婆，那个女人。”赤泽忽然用随意的口吻说，“听我这么说就该记得了吧。”

“什么事？”

弦之助的脸色唰地变白了。他明白赤泽说的，是在赤仓不动遇见的那个女人。

那一夜似梦非梦，和女人度过了甜美的片刻，弦之助回到祈殿就寝。随后返回的女人也紧贴着弦之助后背躺下，但天亮醒来时她已经不见了。

那以后已经过去十来天。十天过去了，女人的面容不仅没有在弦之助的心里淡薄，反而更浓重。当时碍于这种事不曾强问对方身世姓名，但后来又后悔没问。弦之助几乎在思恋那个女人。

她肯定是藩士家的人。那样的话，走在街上哪一天偶然遇上也不无可能。这是留给弦之助的一点点希望。知道对方是有夫之妇，连再遇上了怎么办都没有考虑，只是想遇上。山上甜美的一夜在弦之助的心绪中留下了尾巴。

赤泽的话顿时打碎了弦之助的幻想。

"跟俺老婆睡了吧？"赤泽继续露骨地说，"不必回答，不问也明白的事。"

"这种事谁说的？"弦之助好不容易开口，脸反而红了。有人窥见了他和那个女人的事。弦之助想起夜祷的人群中混有几个武家模样的人。他们离得远，看不清相貌，但其中有人注意了他这边的情形。"是谁？"

赤泽露出白牙，好像在嘲笑。

"老婆坦白了。大概不会有比这更确凿的了吧。"

"……"

"喏，怎么了结？"

"你有什么要求？"弦之助蓦地涌起一种疑惑，说。

"要求？这个嘛……"赤泽用细细的眼睛锐利地注视弦之助，"跟老婆睡了觉的男人，一般都不容分说一刀宰了他，俺偏不那么做。俺的要求跟你提过。接受吗？堂堂正正地比武来了结。"

"……"

"怎么样，不会有异议吧？"

"原来是圈套。"

弦之助厉声说。他醒悟过来赤泽干了什么，同时对他的执着之深感到脊背发凉。他为了实现跟云弘派较量，不惜用老婆的身体设陷阱。

“圈套？这话传出去可不好听。”赤泽说，口气很从容，“不过，算了，随你怎么想，跟人家老婆睡觉的丑事可抹不掉。”

“……”

“用比武来了结，这可是我的好意。不接受，我就到处散布这件事。”

“恬不知耻！”

“可耻的是你，我不在乎。一旦有事，揭出老底儿，让你声名扫地。明白吧！”赤泽慢慢转身，“现在不回答也行，过几天阪部再跟你说，那时稳住神回话。就此别过啦。”

赤泽忽地转过身。弦之助一动不动地目送那瘦长的后背被阳光映红，走下坡道。虽然觉得受到胁迫，但自己中了圈套，无可奈何。

看来只好比试了——

弦之助想。对这个对手能躲就躲，但现在已无路可逃。比武能否取胜是未知数。一种被逼进非同小可的窘境的沉重心情铺天盖地而来。

慢慢登上坡道，脑际浮现女人的白脸。是为了能满足丈夫的愿望而委身于别的男人的女人的脸。不知羞耻的女人。虽然这么想，却不知为什么恨不起来。

四

里村庄藏家在锻冶坊，虽属于街镇，已经快边上了。弦之助来访，里村吃了一惊，马上请他进来。

弦之助往里走，从阴暗的房间里响起孩童可爱的问候声，这回是他吃惊了。里村点亮灯，那里坐着一个四五岁的男孩，像是里村的儿子。弦之助第一次看见。他跪坐下来，一本正经地还礼。

里村两年前妻子病故，过着鳏夫生活。此时在厨房里弄出咣啷咣啷的声响的，大概是弦之助也认识的叫阿作的老婢。里村家中就这些人。

和孩子两个人，在阴暗的房间中想什么呢？弦之助不由得窥探里村的表情。家里显得很阴沉，飘浮着凄凉之感。

“不知不觉就长大了。”

“啊。”

“现在几岁？”

“四岁。”

“当爹的抚养，够难的吧？”

“啊，不，已经习惯了。”里村比较淡漠地说。

“不续弦吗？”

“啊，可是……”里村为难地支吾，“好像没人愿意来，就这么点俸禄，又有孩子，条件太差了。”里村说着，忽然目光聚焦在弦之助脸上，“有什么急事吗？”

“嗯，想问点事。”弦之助迟疑着，垂下头，但又觉得非问不可，“你知道吧，我父亲独创了游龙回尾。”

“啊。”

“没传给你吗？”

“当然，不可能传给我这种半吊子。”里村说得很干脆，“你是小师傅，应该偷偷传给你呀。”

“没有，也没传给我。”

“……”

“不仅没传，也没见过父亲使它，只听说有这么回事。无论如何想知道那刀法，可父亲那个样子，一个病人，话也说不利索，不知说些什么。真急死人了。”

“是吗。”

里村低着头，好像在思量什么。这时纸屏拉开了，阿作探出头，说："哎呀，桧山大少爷来啦，我没发现，这就沏茶。"

阿作被里村支使来过几次桧山家。脖子细长像一只鹤，脸和手脚黑黑的，是一个结实的女人。里村家的房屋小，但是有田地。侍弄地是阿作的活儿，她时常把刚摘下来的青菜送到桧山家，说是给患病的师傅吃。阿作已经在里村家做了二十多年，送青菜什么的未必是里村的吩咐，大概是她自作主张。

阿作出去了，弦之助又正容说：

"之所以想问你，不是别的，就因为你说以前看见过一次父亲使游龙回尾。告诉我，那是什么样的绝招。"

"……"

"怎么啦？"

"啊，是否能算见过……"

"不清楚吗？"

"啊。"

"没关系，就说你看见的。"

"那我就……"里村断断续续说起来。

五年前的夏日。一个流浪武士来到桧山武馆，要求比武。本来通常弥一右卫门是不接受的，但那天心情好，他把武士让进武馆，用竹刀交手。竹刀，外面是鹿皮，当中是裹了丝棉的竹子。

里村看见的情形是这样的：弥一右卫门是中等身材，而流浪武士膀大腰圆。二人相对摆出架势，弥一右卫门显得非常弱小。

互相瞪了一会儿，武士似乎要进攻，这时弥一右卫门拖刀急转身。眼看武士冲他后背大吼着挥刀劈砍时，却不料那肥大身躯轰然翻滚在地。不明白弥一右卫门的竹刀是怎么使的。救护昏倒的流浪武士时，发现他太阳穴肿得有拳头大。

“过后师傅说刚才使的是游龙回尾。看见的就我和新井两个人。”

“……”弦之助紧抱双臂。

新井干次郎是高徒之一。弦之助心想，就看见这么点儿，可不什么也不明白。

“不过，小师傅，”里村抬起头，有点担心地说，“其实，三天后师傅把我和新井叫去，堵我们嘴。”

“堵嘴？”

“师傅嘱咐我们，跟流浪武士比武使了游龙回尾，本派有这个秘传绝技，不要往外说。”

“……”

“是小师傅您吩咐，我才说了，请不要跟师傅讲。”

“好的。”

里村说话这么谨慎，看来把游龙回尾的名称泄露给赤泽的是新井。

把事情说了出来，里村好像松了一口气，表情轻松下来继续说：

“据我猜想……”

“……”

“可能师傅很后悔让我们看见了他使游龙回尾，所以下了箝口令。”

从里村的话里终归什么也没弄明白，弦之助出了里村家，往持筒坊方向边走边想，心里开始焦躁了。

今天在镇上见阪部将监，接受了命令，与赤泽弥传次比武。他已经预感赤泽的要求得到中老支持，早晚非接受不可，而且自三天前在唐物坊的路上遇见赤泽，也做好了接受的准备。

弦之助请求宽延半个月。他打算利用这段时间弄清游龙回尾，可能的话，掌握之后再与赤泽交手。既然比武，准备就得做到那个程度。

弦之助听父亲讲游龙回尾只有一次。一天，外面有喜事，父亲喝醉了回来，意外地提到游龙回尾。说掌握了它，比武就不会败，又说迟早也传给你。还感触颇深似的补充了一句：这个刀法不是平常使的，濒于绝地的时候才能使。

那时父亲并不曾加以说明，只是说自己独创了这一招。弦之助没有刨根问底，因为他认为反正到时候会传给自己。

他后悔当时没追着问，半年后父亲就倒下了，变成口不能言的病人。如今，自己半个月后便要处于父亲所说的绝地了。

一个女人急匆匆走过来。天空低垂处，只有一勾细细的下弦月，女人的身影很朦胧。到了近前，原来是一个用头巾包脸的武家女人。

正当弦之助要以目致意、擦身而过时，女人叫了一声“桧山大人”，摘下头巾。

“……”

弦之助茫然凝视，是在赤仓不动共度一宵的女人，也就是赤泽之妻。

“有句话非告诉您不可。我去过唐物坊府上，听说您可能来这边，赶紧转过来。”

女人目光炯炯，胸脯一起一伏。那起伏的胸脯一刹那让弦之助想起裸露在月光下的丰乳。

“那你有什么事……”

“不要接受赤泽的挑战。”

“……”

“他要跟您用真刀比，打算杀了您。卑鄙的男人，让我干那种事，现在却不想宽恕您了。”

“……”

“明白吗？不是一般的比武，是要动真刀，一定会……”女人把身子靠过来，拉起弦之助的手，交叉手指。她的手指柔软湿润。“请您拒绝，坚决拒绝。”

“谢谢忠告，但为时已晚。”弦之助轻轻挣脱女人的手指，“今天接受了要求。”

“天哪！”

女人茫然注视弦之助。

“你们夫妇设下的圈套实在太妙了，不得不接受。”

“对不起。”女人垂头丧气。

“不，不用道歉。胜败难测，凭一时的运气。况且我并非一点都没有跟你丈夫比试一下的意思。”

弦之助丢下这句话就迈步走开。女人扬起脸目送。离开几步时，她喊了一声“桧山大人”。弦之助回过头来，见她还站在原来的地方叫道：

“您一定恨我吧？”

“不。”

弦之助微微一笑。女人的白脸和亭亭玉立的身形烙进了心底，他扬扬手，女人转身快步离开了那里。

五

弦之助回到家，进了起居间，姐姐宇弥在做针线活儿，不见母亲。他打声招呼之后，问母亲去哪里了。

“在里面嘛。”

宇弥头也不抬地说，依旧专注于缝纫，真少见。她比弦之助大两岁，年轻时出嫁过，只一年就被休了，后来一直在家里。

和弦之助的文静性情相比，宇弥说话泼辣，像个男人，脸也略黑，紧绷绷的，小时候有人说桧山姐弟应该调换一下男女。宇弥从小在武馆握竹刀，被父亲传授了武功。

“我的吗？”弦之助问，因为宇弥缝的是男人的棉袄。

“不是，是里村先生的。”

宇弥还是没抬头，但好像脸有点红了。咦？弦之助想。平时不会在意，但现在注意到姐姐的脸色，也许是刚刚从里村家回来的缘故。

里村如今也经常来武馆，说不定二人之间有什么关系。说来里村是可怜的光棍儿，年龄应该在三十上下。宇弥是二十六岁。破锅配破盖，他们正合适。

“哼，里村求你做的吗？”

“没有，他总是破衣烂衫。”宇弥说，突然抬起脸，用严厉的目光看了看弦之助，“对了，刚才有个女人来找你，遇见了吗？”

“啊，在路上遇见了。”

“是什么人？姓名也不说，真没礼貌。”

“我也不知道姓名。”

弦之助丢下满脸惊愕的宇弥，走出起居间。

来到父亲卧病的里屋，见母亲在那里，弦之助让她出去。母亲露出疑惑的表情，默默出去了。

母亲出去后，弦之助把灯挪到病人枕边，凑过脸去。

“爹，现在请听我跟您说一件大事。”

父亲身体不动，嘴张着，眼睛动了一下，看了看弦之助的脸。

“不久我要跟赤泽弥传次比武，就是打败了镜喜兵卫的那个赤泽。说是比武，但有个缘由，可能拿真刀一决胜负。”

父亲的脸慢慢由左向右，又由右到左转动。

“这是队长阪部、中老户田的意思，还得到藩主许可，我不得已应承了。今天在藩府回了话，再没有退路了。”

“……”

“所以我求您，请指点我，您的秘传刀法游龙回尾是怎么回事。当然……”弦之助把脸靠得更近，“即便没那个绝招，也要好好比一比，但赤泽是强敌，可能的话，掌握了游龙回尾再上场，到比武还有半个月时间。”

“……”

“您明白了吗？要是明白了，请做出一点表示。”

突然父亲啊、啊出声。白纸似的脸上呈现红色，他在使劲儿说话，但说的是什么，弦之助一句也听不懂，只看见父亲的舌头在黑洞洞的口腔里面蠕动。

弦之助感到绝望，同时有一股烈焰般的焦躁。显然，关于游龙回尾，父亲在说着什么。

“爹，再略微放松点。啊？您说什么？”

把耳朵贴到父亲嘴边，但还是一样。触及耳朵的只是野兽似的喉咙响和病人的口臭。弦之助抬起头，注视着父亲的脸，脊背上冷汗津津。不出所料，有关游龙回尾，从父亲那里一句也问不出来。

父亲啊、啊地说，不知从哪里发出吧嗒吧嗒的微弱声音。弦之助抬起低垂的头看去。只见手从被子边上伸出来，奋力要指什么。弥一右卫门只有右手能微动。

“什么？您要写什么吗？”

父亲慢慢摇头。右手的手指还是在指什么。弦之助顺着所指的方向看，什么也没有。只有草席，只有纸屏。这时他头脑里倏然一闪光。

“明白了，是要叫谁来吗？是母亲？”

父亲摇头。

“是姐姐吗？”

父亲满意地闭上眼睛，慢慢点头。

弦之助一路小跑，穿过昏暗的走廊，跑进起居间。

因为每天出勤，所以他不懂父亲的意思，而两个女人终日和病人在一起，互相多少能沟通。而且父亲现在是要说游龙回尾，叫姐姐就是证据。母亲不明白耍刀弄枪。

果然猜对了。宇弥被叫来，马上把脸几乎贴到父亲身上，开始忙着说话，但立刻又回头用锐利的目光看弦之助。

“你要真刀比武吗？”

“是啊，所以想问问父亲游龙回尾的绝招。”

宇弥点头，又和父亲说话。说了好半天。这中间，有时父亲急得用能动的手吧嗒吧嗒拍草席，有时宇弥一筹莫展似的仰望天棚，但宇弥总算点了几次头，话说完了。

回过头来，宇弥用疲惫的声音说：

“马上去武馆吧。”

武馆在住房的横头，有短短的游廊相连。弦之助拿着烛台走在前面，宇弥跟在后面进了武馆。把烛台放在地上，二人默不作声地准备，用带子束起衣袖，系上缠头巾，手握竹刀，相向而立。昏暗、宽敞的房屋里，烛光摇曳，他们的影子长长地趴在地上。

“开始吧，我等你进攻。”宇弥说。

弦之助把刀尖指向宇弥的眉心，小心翼翼地察看，看不出何处有异。宇弥摆出最基本的架势，弦之助看来便有隙可乘。

弦之助挥刀直入，宇弥却忽地拖刀转身。

啊——

刹那之间弦之助感到气势被削，同时左耳轰鸣。左边脑袋重重挨了一下，不由得膝盖着地。不知宇弥的竹刀从哪里袭来的。

六

弦之助和赤泽弥传次比武，半个月后的早晨在远离街镇的柳马场举行。外郭里面也有一个马场，这个柳马场主要是用来驯马，在五间川畔，岸上有一排高大的柳树，所以叫柳马场。

柳树早已落光了叶子，垂着钓丝似的枝条。晚秋的雾笼罩四野，柳树和环绕马场的粗栅栏也都浮现青黑色。

众人从日出之前就陆续来这里会合。太阳曾一度把微弱的光投到地上，就又隐没在浓雾中。来会合的，除了弦之助和赤泽，还有监场的队长阪部将监，陪伴弦之助的里村庄藏和姐姐宇弥，伴随赤泽的是户田织部的嫡子道之丞。以为会来的赤泽妻子却没有来。

迷雾蔽空，天却一点点大亮。

“那就开始吧。”阪部大声说。

弦之助和赤泽握着木刀走到马场中央。脚下枯草作响。

相向立定，弦之助正要摆出架势，赤泽扬手制止。他右手提着木刀，若无其事地走过来。

“站住，再往前就出手！”

弦之助说，赤泽停下，相距有一丈之遥，狞笑：

“喂，别急嘛，我有话说。”

“……”

“用真刀怎么样，木刀比试没劲儿。”

“你当初就是这么打算的吧？”

“……”赤泽无声地笑了。

“行啊，我也这么想。”

“好，原来是有备而来，那就这么着。”赤泽怒吼，刹那之间蓬发倒竖。

二人各自返回随行者那里。宇弥和里村目不转睛地看着弦之助默默把刀插到腰间，看来二人说好了用真刀比。

“小心点儿。”要进场时宇弥低声说。

看见二人佩刀返回马场中央，阪部慌忙走近两三步。

“喂，干什么，不能用真刀，桧山！”

二人无视阪部。相距三丈，二人立定，拔出刀。阪部大吼：

“都不许拔刀，这是寻仇比武吗！”

“确实有仇。”

赤泽用威吓的怪调回了一句，阪部不再出声，退回原来的地方。这就是认可了此后的比试。也许他看明白了，自己已经不可能把二人拉开。

果不其然。赤泽脸上开始露出魔鬼的狰狞，上挑的眼睛眯得更细，黏滞的视线从那里投向弦之助。那面颊瘦得像野狗，头发蓬乱，歪咧的嘴上挂着泡沫。刀尖仿佛冒起妖气，摆出的架势不露破绽。

魔鬼——

弦之助一边摆好架势一边想。要放倒这个男人非使出游龙回尾不可。

“喂！”互相逐步逼近，间距缩到一丈时赤泽忽然开口，声音好似发自面具，“知道为什么用真刀吗？你怕是不会知道。”

“……”

“一无所知就被杀了，过后没意思，所以我告诉你：是为了女人。”

“……”

“那个女人是石女，竟好像怀上了你的孩子。”

啊？弦之助刚一想，赤泽的身体似苍鹰振翅一般跃起。勉强格回去，弦之助矬身躲开，肩头浅浅吃了一刀。

二人又相距两丈立定。弦之助感到雾在动。一瞬间的心旌摇荡在刚才的第一个回合中消失了。他稳住心神，注视赤泽下一招。时间流逝，双方久久对峙。

来吧——

眼看赤泽的全身一点点胀满力量。他刀尖动时，弦之助把刀尖向下，转身，这时脚下却做好了挥刀一击的准备。赤泽叫了一声什么。只一个动作，弦之助回身深深劈砍了赤泽肩膀。

赤泽满脸惊愕，挥了一下刀。刀尖已达到弦之助左臂，但与此同时，身体被撞出去一般跌倒在枯草上。

“见识了，游龙回尾……”赤泽抬起头，呻吟道。弦之助没有收起架势，毫无表情地俯视他。“不过是卑劣的骗人伎俩，下流……”

人们跑过来。弦之助走到赤泽身边，单膝着地，赶紧刺了喉咙一刀。不能让任何人听见赤泽的话。

云弘派出自夕云派，从来以对打为基本，潜心于此，一味进攻而不在意防备对手攻击。在对打中比对手抢先一瞬出击，磨炼的就是这功夫。

游龙回尾是另类刀法，违反了此派的路数。冷不防转身，刹那之间削减了对手的剑气，乘虚回转，劈下必杀的一刀。可说是邪剑，所以弥一右卫门才坚决对外保密。

“刺了喉咙吗？”阪部来到旁边，吃惊地说。

“啊，这可是真刀比武的规矩。”

“是吗，可是……”阪部瞪大了眼睛看着弦之助，“刀法真漂亮，那就是游龙回尾吗？”

“不，不是。”

弦之助斩钉截铁地回答。他要把游龙回尾的秘法跟赤泽的尸体一起埋葬。

这时，雾眼看着消散，耀眼的阳光照进柳马场。走在宇弥和里村之间，出了马场，弦之助低声说：

“今后不再使那个绝招，你们也都忘掉吧。”

陪练了半个月的里村疑惑了一下，立刻说“好的”。似乎他也明白弦之助要说的意思。

翌日，弦之助来到赤泽在持筒坊当作武馆的破庙，但已经没有了道场的牌匾，里面无人。

他到旁边的点心铺向出来的店家打听那个女人的消息。

“那个女人吗，一副出远门的打扮，今天一大早离开了寺庙。”

“没说去哪里吗？”

“啊，我只瞅见一眼。真可怜，听说丈夫跟人交手被杀了。”

弦之助转过身，脸色变得很阴暗。应该昨天就来，但不知昨天来女人会不会见他。

怀了孩子，是真的吗？昨天认为赤泽这么说是为了取胜，但这句话却压在心上越来越重。赤泽选择用真刀比武，除此之外不会有其他理由。

这已无法弄清了。不知从哪里来的女人，她走了也没说去哪里。恐怕已走出藩界，正低着头走在通向某处的大路上。

走到雀坊，路两旁商家栉比，揽客声、笑声、骂孩子声，人声鼎沸。弦之助在喧嚣中呆立了一下，望见街市后面横亘的山丘上太阳西下。

似乎看见了时近冬天的淡然无力的阳光远远照着女人的后背。

怯剑松风

一

丈夫从玄关出去时，满江蓦地想：哎呀，忘了。

她知道丈夫是去查看外面的院门——没上闩。

平时是女佣小春做这件事，但她乡下的娘家有喜事，请了两天假回去了。傍晚丈夫回来以后，满江好像一度想起过应该闩门，但只顾忙厨房活儿就忘掉了。

虽然想到忘了，但满江并没有起身，继续做针线。瞥一眼没上闩的院门，仿佛看见丈夫在黑暗中皱眉咂嘴的样子。反正他每晚睡觉前总要查看门户情况，房前屋后转一圈，进来还仔细看看雨窗的插销插上了没有。

好像偶尔出点什么事才起劲儿呢——满江心里有几分不怀好意，动着拿针的手。这么想的情感深处隐约潜藏着对丈夫的轻蔑。

她还记得，五年前媒人茂野兵左卫门来替丈夫瓜生新兵卫提亲，说他精通刀法，得到了鉴极派秘传。

记得那是说得明明白白的，就因为茂野这句话大大起作用，满江才铁了心。若说满江认识的年轻男人，也就是哥哥骏藏和比满江大一岁的堂兄千田道之助。哥哥是书虫，一有时间就埋头读汉籍，而道之助年纪轻轻却成天冶游作乐，不仅千田家的人，甚至亲戚都担心。

满江当然见都没见过瓜生新兵卫这个人，但一直观望哥哥和堂兄，确实就觉得被传授了绝技的男方极为新奇，仿佛是男人中的大丈夫。

瓜生新兵卫在修建队当勤，食禄一百石。满江家俸禄是二百二十石，相比之下，对方门第有点低，但满江觉得像茂野说的那样的剑术高手默默在修建队做事倒也够潇洒。那时候，她对尚未见面的男方的期望一个劲儿膨胀。

若说嫁进瓜生家，满江的期望是否得到满足，这当中就多少有点波折。照直说来，亲事说定了，初次见到新兵卫，满江有点丧气。莫非由于修建队经常出外，新兵卫手脚和胸脯都晒得黢黑，可脸上煞白。工地戴斗笠，皮肤变得黑一块白一块，浑身花斑，脸上倒像是底色。细眉细眼，怯生生望着满江，整个人是枯瘦的，并没有男人中的大丈夫的意思。

满江有点失望，但想想这个乍看不起眼的人其实是真人不露相的剑豪，就又振作起来。虎背熊腰美丈夫的梦一下子破灭了，却也并不因此而懊悔这桩婚事。

况且瓜生没有家累。满江过门时，除了新兵卫，还有卧病的老母和一个妹妹。妹妹已经订亲，等满江过了门就出嫁。满江精心照看的老母也已于一年前病故，此后家里就剩下她和丈夫两个人。

嫁过来五年了。夫妇之间没有孩子，这叫人不如意。再就是藩里银根紧，两年前开始会有欠薪的情况。近来满江时常要做点副业，但就两个人的日子，也并不觉得多么窘。一天天过着平凡的日子，这种平凡对满江正合适。

这五年岁月中，也有东西在满江内心一点点变化。近年她发现自己心里瞧不起丈夫，虽然是微乎其微。那是过门时没有的感觉。之所以会这样，自有其理由。

对丈夫是剑豪这一点产生疑惑，满江认为是起始于那个地震之夜。

三年前的秋夜发生了地震。满江被猛烈的摇晃弄醒，跳起来赶紧穿上衣服。这时看见一个黑影从屋里冲了出去。知道是丈夫，满江一边缠腰带一边走出房间。房子还在猛烈摇晃，梁柱可怕地嘎吱嘎吱作响。黑暗中响起东西跌落倾倒的声音，从厨房旁边的小屋里传出小春的惊叫。满江扶墙摸到睡在另一个屋里的老母那里。

“不要紧，马上就会过去的。”

满江趴在被子上抱住病人，连声安慰。老母默不作声，剧烈地颤抖身体，看样子声音都发不出来了。

地震过后，点亮灯，又是拭汗又是喂水地服侍病人的时候，这才想起丈夫哪里去了。

看着病人平静了，来到外面，见黑暗中立着白色的人影，那就是只穿了睡衣的丈夫。近前一看，脚还光着。

“还会晃吧？”

见满江走过来，新兵卫依然仰望着昏暗的天空说。满江无话可说，她是目瞪口呆了。

——作为武士未免太惊慌失措了。

满江想。这时她心里蓦地冒出念头，那就是对丈夫精通刀法的怀疑。看看他此夜的样子，只能说满江的怀疑是理所当然的。

疑惑越发加深，是半年以后。

那天满江去娘家回来，走在代官坊的路上。代官坊是武家大宅院聚集的地方，行人比商人坊少，所以雪总也化不完，晴天里太阳一照路上就泥泞。那天满江也是躲着积水和泥泞往前走。日光落在肩头，暖洋洋的，简直不像是早春。

前后有两三个人朝同一方向走，也有人迎面走来，擦肩而过。大家不约而同地留神脚下，忽而跳过水洼，忽而避开泥泞，踏进路边残存的雪中，缓缓行动。走个正对面，就停步让路。

咦——

停下让过一个人的满江不禁瞪大了眼睛。前面看见了丈夫的身影。他离得还很远，也盯着脚下，慢慢朝这边走来，好像没发现满江。

满江微微一笑。和丈夫在外面相遇可少有，不禁有点难为情。

这时，身后突然有人发出惊叫，马蹄声响起。满江吃惊地回头，一匹黑马占据她整个视野，疾驰而来。马冲到跟前，暴着白眼、口吐白沫的脸好似从头上压过来。满江逃到院墙边。脚在雪上一滑，木屐的带子断了，左脚脖子感到疼，但已顾不上护痛了。

满江拼命靠紧黑板墙，踮起脚尖。无人驾驭的脱缰之马疾风一般从身后飞驰过去。马几乎是擦身而过时，满江一下子被裹在兽类的气味儿里，血都凝固了，幸而无事。

满江靠着院墙，注视马奔去的方向，人们发出叫声，四下里乱窜。后面的人也互相招呼，跑来跑去，听响动大概是有人受伤了，但满江没工夫回头。

丈夫能制服惊马就好了——她这么想，手里要攥出汗来。

人们左突右奔，逃到路两旁，丈夫的身影在其间忽隐忽现。他挺着胸照直走，似乎很镇静。眼看着跟马的距离在缩短。

“……”

止住惊马的丈夫和被马蹄踏倒的丈夫在头脑中清晰地交替闪现，满江不由得乱了呼吸，这时丈夫的身影突然从路上消失了。

满江茫然，但随即就明白了，丈夫拐上了另一条路，满江本来也要在那里转弯的。

马转眼之间驰过那里，顺坡而下，身影越来越小。远处又响起叫喊。坡下是商人坊，路上人来人往，马飞奔过去，混乱是不难想象的，岂止伤三两个人。

满江拎着断了带子的木屐，只穿了布袜子返回泥泞的道路。她愤然了。脚脖子的疼痛使她的愤懑倍增。

这就露出了真相！

什么精通刀法，什么鉴极派，看来全都是茂野说媒一张嘴。果真像他说的，怎么会根本不动刀，恐怕顶多略通武功皮毛罢了。满江想，看他那不像武士的卑怯逃避的样子不就一清二楚吗？

试想，什么鉴极派，这个流派先就听都没听过。街上最叫得响的武馆是关川，那里传授的明明是单刀派。

“好像有武家高手，可最先跑掉了。”

“可不是嘛，武士该怕的也怕，没办法。”

人们眺望坡下，站着议论，满江从旁边过去，面红耳赤。

总之，不过是一个跟外表一样的人罢了——满江这么想。

丈夫总而言之只是个食禄一百石，在修建队管事，夹杂在苦力当中风吹日晒，规规矩矩干活的人。把平时的言行和今天的突发事件合起来看，甚至算得上胆小。胆小、不起眼、皮肤有黑白斑的男人，也就是叫瓜生新兵卫的，一点都不高尚。剑豪，是过分高估他了。

虽然这么想，但满江没提那天的马的事。不说，可从那时起不能不产生些轻蔑丈夫的心情。而且，岁月又流逝至今，实际未出现过任何能颠覆满江这看法的事情。

“门没上闩呀。”

新兵卫回到家，照例各处察看了门户，然后才进了起居间，这样说。

“哎呀，我大意了，对不起您。”

满江停下拿针的手，看着丈夫道歉。做出被他一说才醒悟的样子，自认为装得蛮高明。新兵卫板着脸，伸手拿已经乏味儿的冷茶。

二

柘植益之助是海阪藩的家老之一，位居家臣之首，看见宫岛彦四郎立刻就说道：

“你父亲好像有一个姓瓜生的弟子吧？”

“有。”彦四郎回答。

彦四郎的父亲宫岛八郎右卫门是队长，六年前去世，彦四郎后继，担当会计。他颇有计算之才，藩府的重臣们瞩望他将来主管财务民政。

“瓜生怎么了？”

“啊，他本人没什么，倒是那个‘江户’近来活动起来了，不能大意。”

“……”

“这件事藩里只有四五个人知道，不要说出去，昨天尝膳的樋口被撂倒了。”

彦四郎瞪大了眼睛。樋口康藏是随侍少主和泉的近侍，负责尝饭菜有没有毒。

“哦，命是保住了。叫来医师奥井，让他悄悄检验，查出了毒物。”

“估计是‘江户’……指使吗？”彦四郎谨慎地问道。

“江户”，指的是藩主右京太夫的叔父吉富兵库。兵库是前藩主岳仁公的末弟，当了幕府麾下的家臣吉富家的养子，与右京太夫脾气相投，以此长年对藩政置喙。

留守本藩的家老们当然不高兴兵库多嘴多舌，但他是主人的座上宾，心里不痛快也没有人公然排斥。对于藩主下达的指令，明知是兵库的主意，或者照办，或者默杀。

大约三年前，驻江户宅邸的家老三谷作左卫门给柘植送来了一个惊人的消息。

三谷在密信中说，吉富兵库正鼓动藩主右京太夫，废掉留守本藩的世子和泉，让他自己的次子忠次郎当下一代藩主。右京太夫溺爱堂弟忠次郎，不会把兵库的谋划只当作发疯。三谷叮嘱道：“掉以轻心，则大祸至矣。”最后还写道：“兵库大人已在藩内扶植私党，魁首是中老柳田造酒之丞。”柘植等家老谁都没觉察，不知不觉之间兵库的毒已深蚀藩内。

此后藩内一分为二。拥立世子派与兵库派暗斗，几人褫职，几人自裁。三谷直谏，触怒藩主，被赶回本藩，又没收了世袭俸禄，遣返家乡，如今在赤石郡山村闭门不出。

宫岛彦四郎之所以问是否“江户”指使，是觉得吉富兵库企图毒杀世子未免过于露骨了，但柘植明确地首肯。

“没错。”

“……”

“主上卧病差不多有一年了，老实说，病情不佳。兵库在考虑这件事，打算趁主上在世，明确把世子换了，急不择路，便要给少主下毒。可以这么估摸吧。”

彦四郎看了看柘植，柘植也看着彦四郎。柘植肥胖，脸和肩滚圆。虽然是首席家老，但待人和善，油灯的光亮映出他的表情，郁郁不乐，仿佛把平素的豁达都丢到哪里去了。

“那么，瓜生新兵卫的事……”

“啊，对了。”

柘植动了动身子，问了一声要否喝酒，就要击掌叫人。二人所在的场所是一家叫熊野的酒家的别栋，远离主楼。传闻柘植是酒豪，还曾在以前的藩主面前脱光了跳舞。

“不，还是不要喝。来这里的事恐怕此刻柳田那边已经知道了，以防万一。当然，回去的时候我送您。”

藩内抗争已到了这个程度。

“是吗，不能喝？”

柘植遗憾地说，伸手抓过来茶碗，把凉了的茶水一饮而尽。

“还说那个瓜生……”

“……”

“听说跟你一样会鉴极刀法。”

“是的，是个好手。”彦四郎回答。

宫岛八郎右卫门是鉴极派剑士，当队长之余也教了些弟子。没有武馆，心血来潮就一个个叫到家里来，在庭前传授，生前用这个方法留下了几个弟子。

鉴极派教头只限于八郎右卫门一代，彦四郎虽然做的是会计，但也受过父亲训练，是有名的鉴极派高手。

“听说秘传有几招，姓瓜生的传承了其中的松风，是真的吗？”

“您知道得很清楚啊，确实如此。”

“能得到秘传，瓜生应该是相当不得了吧？”

“当然。”

“其实，像刚才说的，不知兵库会干出什么来，所以我们这边也必须采取相应的措施，首先要有人在少主身边警卫。”

“……”

“不过，那也不能弄好些人团团围着少主，招人讨厌。就是不那样，近来血气方刚的家伙们还动不动就拔刀，真教人头疼。要避免不必要的刺激。”

“您说得对。”

“所以跟其他人也商量了，决定找一个不大显眼而本事超群的人跟着少主。席间，土井说有一个姓什么瓜生的，属鉴极派，身怀一种叫松风的绝技。”

土井，说的是队长土井勘三郎。

“怎么样，瓜生能担当此任吗？”

“……”

“怎么啦？难办吗？”

柘植追问，彦四郎抬起脸，露出踌躇之色：

“不，我认为完全胜任，他有那个能力。可是，说服这个人很难。”

“说服？胡说！”柘植用手掌啪地拍一下膝头，“什么说服不说服，我藩当此危急存亡之际，岂可说不干！”

“……”

“你是说他脑子转不过弯吗？慢着慢着，不会是瓜生那小子已经被柳田拢过去了吧？”

“那倒没有。”

“那怎么回事？你突然吞吞吐吐，要说什么，一点也不明白嘛。”

“总之，我去说服一下如何？”

“不是说服，是去下命令！”柘植说完，忽然想到似的问，“松风是什么样的绝招？”

“是防守的刀法。”

“防守的刀法，呵呵。”柘植点头，眯细眼睛，“原来如此，那不是护卫少主正合适吗？”

“是吧。”

“那刀法你就知道这么点儿吗？”

“再多就无法知道了。松风绝招只传给瓜生新兵卫一个人，我只是听父亲讲过三五句。不过……”

“什么？”

“有一些猜测，但因为是秘传，不好说。”

“是吗。”柘植说，一副不得其解的神情。

两人密谈完，要走出房间时，彦四郎在后面说：

"最近有件事怎么也不明白，可以请教吗？"

"什么事？"

"宠爱忠次郎，又把三谷大人遣返家乡，我们中间也有人说这不是主上自己想要换掉世子吗。要废掉自己的亲儿子，实在是无法理解……"

"是想知道主上的真意吗？"柘植停步，说。

"是的。"

"我也想知道这一点。可主上周围，仰承兵库鼻息的人围了一层又一层，什么都不清楚啊。"

右京太夫在江户的宅邸里卧病，甚至连病情都不能确知。兵库派的队长浦部藤右卫门被提拔为那里的家老。

"但是，"柘植踏上幽暗的走廊，说，"兵库干的可是篡主的谋反之事啊，不管主上意向如何，不能让谋反的人的儿子当主君。作为我们，唯有守护少主到底。"

三天后，柘植又把宫岛彦四郎叫到熊野酒家来。

"那究竟是个什么人哪？"彦四郎一进了别栋，柘植就迫不及待地说，"瓜生拒绝了那件事。"

"啊。"

“说什么务乞宏宥。只跟他说了一下，脸就煞白，好像牙都合不上了。我不知道松风什么的，但作为被秘传了绝技的人则未免太可笑了。那不过是一个绝对少有的胆小鬼，我看。”

“……”

“首先是一副穷相，面黄肌瘦的，真不知他吃没吃饭，胳膊可能还没有我一半粗。他是鉴极派高手，我可不信。你笑什么？”

柘植看见彦四郎脸上竟露出笑意，立刻斥问。

“原来是这样，瓜生新兵卫哆嗦了吧？”

“岂止哆嗦，好一阵子连话也说不出来了。就他那个样子，紧要关口不顶用的。”

“不，家老，不对。”

“有什么不对，即使会鉴极派，靠他也护卫不了少主。”

“不，这就不对。藩里有的是人，但作为保镖没有能超过瓜生的。秘剑松风能万无一失地护卫少主，脸色发白不过是瓜生的习性。”

“习性？”

“是的。一定要强迫他来当保镖。”

“难以相信。能行吗？”

“不要紧。”

“令人不放心啊。万一少主出了意外怎么办？”

“不必担心。听了您的话，我明白了家父选瓜生新兵卫传授松风的理由。到底是家父有眼力，那双眼睛一点也不花。”

彦四郎成竹在胸地说道。

三

出了凤光寺门，满江略微低着头，慢慢走下坡道。

坡道缓而长，通到丘下，两旁开着樱花。花过了全盛，有一点风吹，花瓣就纷纷散落。花瓣落在肩上、头发上，她小心翼翼用指尖拈起丢掉。

满江对自己的动作不厌其烦。太阳西斜，春天的日照把最后的光投到樱花上。满江边走边欣赏这忧伤而美丽的景色。

想起今天是好多年前死去的祖母的忌日，心血来潮，就跑来扫墓，没想到樱花开得这么漂亮，便有了天上掉下年糕似的心情，觉得匆匆回家未免可惜。

说来这一带老早就是樱花胜地——满江想。此刻走着的凤光寺坡道的樱花很好看，而坡底下辩天池周围的樱花更是街里人都知道的，一到季节，招徕赏花人的临时茶屋一家挨一家。

她是从另一条路来的，但回去想看看池边的樱花。凤光寺有满江娘家的墓地，但嫁进瓜生家以后只来过一两回。她觉得好多年都没看樱花了。

走下坡道，不一会儿就看见青黑的池面。辩天池一半被周围伸出来的樱枝遮盖，树下悠闲漫步的赏花人挤挤插插。临时茶屋也有很多人歇脚，有的店早早点亮了悬挂在房檐下的灯笼。太阳隐没到凤光寺后面的森林背后，樱花显得特别白。

但人们好像不急着回家，在樱枝下优哉游哉。有站在树下，拿着笔和便笺，为俳句搜索枯肠的老人；有坐在池边的石头上，脸几乎贴在一起交谈的商家年轻男女；还有中年夫妇和抱婴儿的年轻女人，四五个孩子从他们身边跑过去，后面跟着白狗。花不断飘落。

四周被不冷不热的空气和嘈杂笼罩着，那嘈杂里包裹着仿佛醉人、仿佛忧伤的东西。看来天黑以后人们还要看夜樱。满江走在人群中，有点心旌摇荡。好些日子没见过这么多人了。

“……”

冷不防被人从后面捅了捅肩膀，满江吃惊地回头，发现身后站着堂兄道之助。道之助用他那一贯不出声的笑脸看着满江。满江一回头，他就小声说：

“看花吗？”

“不是，不是看花。”满江有点发慌，“来那边的寺庙，正往回走。”

“啊。”道之助说，对满江的神色并不在意，“坐那儿喝杯茶吧。”

“可……”

“晚了丈夫会担心吗？”

看见道之助脸上露出讥笑，满江反射似的摇摇头。暗想，并非跟不认识的男人说话，对方是知根知底的堂兄，喝杯茶也不算什么事。

茶屋的凳子上坐满了人。总算发现一端有空儿，二人坐下来。侍女立刻走过来，道之助要了两杯茶。地方狭窄，动不动腿就几乎贴上道之助的身体，满江觉得不自在。这时她才发觉道之助有一股子酒气。

“又喝酒了吧？”

“……”

“还是一天到晚游荡啊？”

“说话别带刺儿嘛。”道之助说，“只是偶尔喝，不像过去那样胡混了。”

过去，好像指的是满江嫁进瓜生家以前。那时，道之助不务正业，经常一连三四天在青楼混。亲戚们聚议拿他怎么办，满江的父亲是他伯父，也参加商量。满江记得，大概就是那之后，道之助喝得烂醉，深夜跑她家来骂父亲。

听哥哥骏藏说，道之助品行不轨，是因为海誓山盟的女人背叛他，突然嫁给了一个藩士。那时满江已把成天酗酒，跟妓女鬼混的道之助当无赖一样嫌恶和轻蔑，所以听了哥哥的话也只觉得道之助有点犯傻而已。

不过，隔了好久再见面，满江觉得过去对道之助抱有的厌恶情绪消失了。他大体上衣冠楚楚，样子虽依旧有一点放荡，这种感觉倒也并非令人讨厌或害怕。

这也许是满江嫁为人妇五年多，多少了解男人的缘故。而且，厌恶道之助那样的人，满心仰慕地嫁给精通刀法的人，却不过尔尔，这种被辜负的心情似乎也在起作用。总之，道之助，丈夫新兵卫，还有哥哥骏藏，比比看不过是半斤八两。

“去庙里做什么？”道之助冷不防问道。

“是我娘家祖母的忌日，来扫墓呗。”

“唔。”道之助好像对满江的话不感兴趣，只啜了一口茶就站起身，“你要是回去，我陪你走一段。”

满江赶紧站起来。穿过辩天池，周围就蓦地昏暗，行人也少了。这里是武家坊。接着走上商家坊的道路，店头挂着灯笼，点着蜡烛。道之助在前，一个劲儿往前走。

不知不觉店铺没有了，路又昏暗了。太阳完全落了下去，周围人家的房顶在淡蓝的天色中立着憧憧黑影。道之助走在小胡同似的地方。满江完全分不清方向，心里害怕了，好像被带到从未来过的地界。

“道之助！”满江终于停下来，“这里是什么地方啊？”

“卯花街呀。”道之助转身回来，露出一贯的干笑，“这后面有酒楼，怎么样，陪我喝一杯吧。”

“我不想喝。”满江说，有一点恐惧，“我必须回去了。”

“用不着那么见外，好久不见了嘛。”

“不，不行。”

道之助突然拔刀挥动。脚下响起狗的惨叫。狗大叫着跑远了。好像是一条狗从旁边经过，他挥了刀。

“砍着了吗？”满江毛骨悚然。

“没有，并没砍，只是用刀背打了一下。”

“你打算干吗？”

“不干吗。”道之助提着白刃说，“只喝一杯，不耽搁。”

满江点头，道之助收刀入鞘，走在前面。黑色的背影让人觉得危险。但满江并不那么怕道之助。轻微的恐惧袭过后又生出好奇心；带她去酒楼到底打算要怎么样。

小时候满江也常跟道之助玩，他力气大，有想要的东西就仗着力气从满江或骏藏手里夺。

——他是不是想要我？

满江想。这种心情里含有已婚女性的处事不惊。道之助这种人未必一点都不知世故。满江从后面说：

“你早就打算好了吧？”

“……”

“逼人家。”

“没逼你。”道之助板着脸说。

在酒楼的后面房间里，二人隔着摆上了酒肴的食案相对，道之助忽地低头行礼：

“刚才对不起。”

“……”

“拔出刀来吓着你了。”

“就是嘛。”

“来，喝一杯。”

道之助给满江的杯中斟满酒，自己也斟上喝了。

“我可没喝过酒。”

“喝吧，不好喝就不用喝。”道之助说。

这么说着，自己喝了一杯又一杯。

“满江漂亮了。”过了一会儿道之助又说。

苍白的脸上丝毫没显出喝了酒的样子。

“是吗？”

“自己没发觉吗？”

“……”

“刚才在辩天池遇见时就觉得马上分手太可惜。”

“太可惜是什么意思？”

“啊，算了，吃菜。喝一点酒试试？”

满江含了口酒，在嘴里时只觉得发苦，咽下去之后情绪就好像兴奋了。道之助停杯，注视着满江的样子。满江用拳头捶胸放下杯，立刻又指向酒壶。

“你不是能喝吗？好，再给你倒一点儿。”

满江一边接酒一边想，他是不是打算引诱我。心里本能地戒备。虽然认为被引诱，心情却并不坏。不清楚道之助的企图，可他说自己漂亮是千真万确的。

好久没被人这么说了——

出嫁之前也曾被这么说过，但嫁给瓜生以后就成了陌生的语言。满江这么想着，又喝了一杯。酒还是苦，但一想到是在喝酒，就情绪昂扬，胆子大起来。

喝了酒回家，丈夫会怎么想？虽然闪过这个念头，竟然却并不在意。有合情合理的解释就行。丈夫也号称什么剑豪，还不是蒙人，所以是彼此彼此。而且，他那么胆小怕事，就是喝了酒回来，也不必怕他把自己从家里赶出去。

说话的间歇，满江发觉自己一直在放声笑。心情依然不坏。

这就是醉了吧。

“那个人怎么样了，就是，那个人……”

“问的是纪乃吗？”

“对，道之助你的心上人。”

满江话多起来。

“她生了孩子，有两个孩子。”

“哎呀，遗憾，怎么想也没用了……”

“不想呀，人家的老婆。”

“我知道呀，你弄得名声不好都是为了她。”

“名声不好？”道之助露出干笑，摸了摸下巴。酒一点都没上脸，脸色反而更苍白。正由于容貌端正，那脸色就有点怕人。

“都是过去的事了。”

道之助一饮而尽，推开食案，屁股蹭到满江旁边来。

“那是我不该。”道之助嘀咕着，抓起满江的手，“没想到身边就有这么好的女人，漂亮，有女人味儿。”

“……”

“迷上纪乃那种人，真是瞎了眼，应该娶满江。”

满江想说他挺会说好话，但发不出声音。男人的甜言蜜语沁入心脾，男人的手从手滑到肩要搂抱，自己却失去抵抗的力量。

要学坏了——

虽然这么想，但心情不知为什么觉得很愉悦。与丈夫不一样的男人气味灌满了鼻腔，在这气味中满江感到身体要慢慢倾倒。

啊——

唇上感到了男人的热唇时，满江好像一下子醒过来，想起了一个男人的身影。那是细长的眼睛带着哀愁、手脚被晒得黢黑、皮肤有黑白斑、往来于职场与家之间的男人，一心正经过日子的怯弱男人。不知为什么，满江很想念那一副穷相的丈夫，简直要哭出来，揪心扒肝。

“……”

她拨开男人要从领口伸进来摸胸的手，坐直了身子。

“怎么啦？”

满江不理睬道之助抱怨的声音，离开他，一边整理衣领一边说：

“吃好了，我该回去了。”

“什么，生什么气呀？”

道之助狼狈了。正因为五官端正，所以惊惶的表情显得很丑陋。满江起身走出房间，觉得酒马上就醒了。

“喂，还要再见啊。”

道之助从后面说，满江没回答。

回到家，满江关门时尽量不弄出声响，悄悄地进屋。好像犯了罪，畏畏缩缩。

进了起居间，丈夫抱着胳膊坐在灯旁。

“非常对不起，回来晚了。”

满江双手按在榻榻米上叩首道歉，但新兵卫只看了她一眼，没说话。满江缩成一团。

“我去给祖母上坟了。”她把出门时给小春留下的话又说了一遍，“然后从庙里转到娘家，就这么晚了。”

“……”

“您吃饭了吗？”

“吃了。”

“对不起。”

满江又一次道歉，也暗含了别的意思。新兵卫只是抱着胳膊，满江无奈，要起身换衣服。这时新兵卫冒出来一句：“我有话说。”

“是。”

满江心怦怦跳。惴惴不安，仿佛跟道之助在一起的不检点片刻已经败露，但新兵卫说出的完全是另一件事。

“柘植家老命我护卫少主。”

新兵卫简简单单地介绍了情况。藩内围绕谁继承藩主之位分成两派，势同水火，世子身边很危险，以至于需要人护卫，这些都是满江头一次听说。她瞪大了眼睛。

“就是负责防刺客。”

“是信赖您才下了这个命令吗？”

“是的，但我不情愿。”

满江死死盯着新兵卫。新兵卫只是在那里低着头。听他说话的过程中满江恢复了平时的心态，便觉得稍微回来晚一点儿不值得介意。这么一想，往常有点瞧不起丈夫的心情又慢慢回来了。

“害怕吗？”

满江揶揄似的说，新兵卫便抬起脸。看他的脸，满江心里一震。新兵卫脸上昭然露出怯懦的神色，眼睛悲哀地看着满江。丈夫真是在害怕，而且并不想瞒过妻子的眼睛。

“新兵卫……”

满江不由得屈膝向前，庇护似的抱住丈夫肩头。对丈夫的怜爱溢满心胸。她对于让丈夫如此害怕的无理要求从心底来气，厉声说：

“害怕就拒绝，不接受那样的危险任务。”

“不，那不行。”被满江抱着肩，新兵卫用无精打采的声音说，“已经接受了。”

四

瓜生新兵卫使出了松风绝技是半个月之后。

那一天，新兵卫跟随少主进了城内的书库。少主好学，每天两三次进书库取书。他每天快要晌午的时候出来办公、见人，或者读书，傍晚六时进内宅。

少主到前面来，新兵卫就紧随左右。办公或者接见家臣时，他就在房间一角戒备，上厕所就站在厕所前守候。新兵卫从这角色中解脱是在傍晚六时的鼓声响过，看着少主出政务室进了内宅以后。这工作费精神。新兵卫本来就瘦的身体又瘦了点。

“少主！”

少主刚走出书库，新兵卫突然用手挡住。书库在院子后头，有一条长廊连接主城。那入口处有三个人向这边张望。

“何事？”

“请等一下。”

这么说的时候新兵卫已经满脸惨白了。看见二人站住，入口处的人影慢慢往这边走来。其中一人是位居家老之下的中老柳田。

“是柳田吧。”少主嘀咕。

“请您在这里绝对不要动。”

新兵卫一边说，一边从怀里掏出带子把衣袖束起来。他的手在颤抖，怎么也结不上带子，少主担心地看着。

“能行吗，瓜生？”少主问道。听柘植讲过大致情况，所以他知道马上要发生什么事。

“交给我吧。”

终于系好了带子的新兵卫说，只见他面部僵硬，嘴唇干得发白，舔了舔嘴唇，迈出步。于是迎面过来的三个人一齐扯下外褂，除了柳田，另二人都已经束好衣袖，是有备而来。

厮杀在长廊中间展开了。新兵卫一开始四处招架。柳田在后，挥刀砍新兵卫的是两个藩士。他们是柳田挑选的刺客，当然刀法纯熟。一人是中年，有点胖，另一人年轻，身材高大。

一人砍了退后，间不容发，另一人又砍过来。受到轮番攻击，新兵卫左摇右摆，好似风吹芦苇，一度脚下打滑。观望的少主不禁也拔出腰间佩带的小刀。

可是，少主随后发现了一个怪事。新兵卫被两个刺客攻击，东倒西歪，但仔细一看，从厮杀开始的地方一步也没退后。他躲闪，荡开，反弹，悉数承受。

而且这之间，新兵卫的腰渐渐像粘住了一样不动，背开始做出强韧的架势。他变成一堵柔软的墙壁，刺客无法从那里踏进一步。

防御好似没完没了时，新兵卫躲开二人的猛攻，灵快地插入他们的阵势当中。他第一次短短发一声喊，在二人砍下来的刀下飘然转身，身后留下两道刀光。新兵卫看也不看后面，面朝柳田。身后两个刺客已相继倒地。

新兵卫任凭柳田劈砍，闪身避开，一刀从肩头劈下，利落地放倒了柳田。

“您看见了吧！”

在长廊入口，宫岛彦四郎对柘植说。

半个时辰之前，柘植在外郭的自宅接到藩主病故的密信。他不能不考虑到同样的消息也送给了柳田，那样的话，失去藩主这个后盾的兵库派有可能借此起事，一举解决抗争。柘植急忙来主城，带着彦四郎到处找世子。

柳田等和新兵卫动手时二人来到长廊入口处，柘植立即拔出刀，彦四郎却拦住他观望始终。

“那就是松风。像松枝受风作响一样，借对手的剑势而发力。瓜生的剑无愧于秘传。”

彦四郎说，情绪有一点昂奋。他也是第一次目击亡父遗留的绝技。

二人看着新兵卫返回少主那里的背影，那瘦弱的背全然不像使出过非凡刀法。

满江在院子里给花草浇水，朝一个男人的声音抬起头。半开的门露出千田道之助的脸，接着慢吞吞进来的是他那颀长的身子。

“第一次来，住处很不错嘛。”道之助说。好像睡眠不足，脸色苍白，眼睛充血。满江移开视线，继续给菊花浇水。

“你来干什么？”

“干什么，有这么问候的吗？”满江不回头也知道道之助好像在笑。“那以后没再见嘛。”

“什么事？”

“怎么样，今晚不能出来一下吗？”

下流！满江在心里暗骂。难以相信那个晚上居然对这种男人有那么点心仪。他不过是从根上腐烂的游手好闲之徒，这一点在四月的大白天里一看就明明白白。

回过头来，满江气势汹汹地说：

“不行。”

“不行？”

“对，不行。上次的事我非常后悔，请不要再来了。”

“啊，怎么说呢。”道之助厚着脸皮说，“今天你好像闹情绪，那我就走了，也许哪天高兴了再来找你。”

“为你自己着想，还是别来的好。”满江威胁似的说，“再干那种事，我就告诉我丈夫。你不知道吗，新兵卫是鉴极派传人，教训你可易如反掌。”

满江的夸口好像刺伤了道之助。他怒视了满江一会儿，忽地转过身，摔门而去。

少主继位藩主后，给新兵卫增加了五十石俸禄。关于在主城里立的功，新兵卫什么也没说，满江还是在宫岛彦四郎来传达加俸消息时听说的。

虽然对道之助那么说，但满江并非为了那事而爱丈夫。她爱的是晒黑的、规规矩矩执勤的、懦弱的丈夫，这就够了。

浇完水，满江俯身花丛，捉叶子上的虫子。道之助来过的事已开始从头脑里消失。

黑剑虎眼

一

志野倦得闭着眼睛。脑袋好像还发木，四肢无力。

我没叫出声吗？

好像快乐到顶点时突然看见了黑暗。而且，似乎快感仍然用强大的力量要把她拖进黑暗中。那时似乎狼狈地叫喊了什么。有此担心，越发睁不开眼。

男人的体味罩在脸上，是清宫太四郎的气味。志野还沉醉在那种味道里。

“啊——”

男人的手又伸过来，拨开领襟，要探摸胸脯，志野推开，睁开眼。房间里弥漫的暮色令她吃惊，慌忙坐起身。于是，周围的情景历历在目，同时也清醒过来。被男人搂抱着度过的时刻似乎比想的长。

从被褥上起来，志野有一点蹒跚。

“要回去吗？”太四郎对蹲在屋角穿衣服的志野说。

“是的。”

“我在这儿喝一杯再回去。”

“请便。”

志野漫不经心地回答。她在想，阿峰在挂念吧。女仆阿峰的娘家在相邻的酒屋坊，她在那里等志野。阿峰家是工匠，父亲箍桶。她当然知道志野在这里会男人。志野出门时跟家里人说，带阿峰去买东西。

开始被太四郎怂恿着这样欺骗家人时志野觉得心都要裂了，但今天是第三次，好像已经能张口就来，满不在乎地看着母亲的脸撒谎。

不过，志野知道，前两次都是阿峰帮她掩饰得好。不能让阿峰为难。

“那我就……”穿戴好，志野重新跪坐在入口处俯身行礼，“先走了。”

“下次是十五那天，可别忘了。”太四郎说。

志野答应了一声“是”，抬起眼，正好跟起来盘腿坐在寝具上的男人视线相遇。

太四郎眉清目秀，嘴长得像女人，一双眼睛含着笑。移开视线时，从睡衣下摆看见了满腿黑毛，与他温柔男人的风貌甚不相宜。志野红了脸。

志野回身去拉纸屏，太四郎大大咧咧地脚踩被褥过来。志野跪着，被他从背后抱住肩头。

“真快活啊，盼着办喜事吧？”

志野点头应了一声。被扑鼻的男人体味笼罩，志野觉得刚才在寝具中闭着眼睛时的感觉又回来了。男人气息急促，志野冷不防被吸吻脖颈，只觉得从那一点开始，自己全身红遍。她慌忙从肩上拿开男人的手指，再次说“我走了”。

酒馆“朝川”的别栋有一条长长的游廊与前面的主楼相连。宽阔的庭园里满眼枯黄，映照着落日的余晖，不见人影。前面隐隐响着三味线声和喧嚷的人声。志野在游廊上调整了一下还兴奋的呼吸，然后朝主楼那边走。

在门口，只有中年女侍一个人送志野。“朝川”只知道志野是清宫太四郎带来的，并非连来历都清楚。送客的女侍恭谨的表情中露出些微的好奇心，但志野视而不见。对酒馆女人们的那种视线也有点习惯了。

“朝川”离大道有点远。出大门有一条不显眼的小路，沿小路走一会儿就上了人来人往的大路。志野走到那里，坦然混入街市中。

现在已经喝上了吧——

在人群里谨慎地低头走路，志野想到留下来的男人。于是回想起跟男人度过的片刻时光，涌起幸福感。

清宫太四郎是三个月前订婚的未婚夫。清宫家没有职务，却有俸禄四百石。志野的父亲当队长，俸禄是四百五十石，两家不相上下。

志野当然对清宫太四郎这个人以前一无所知。居中做媒的加藤靫负也是队长，两家差不多谈妥的时候被他招待，在他家里见到太四郎。志野一见钟情。太四郎的风采正是志野平日里想要嫁的。

志野难掩欢喜，哥哥达之助见了，厌恶地说：

“好像谁都不说，所以我告诉你，那个清宫可是个花花公子，经常出入青楼酒馆。”

“不是挺柔弱的吗？”志野反驳。父母都满意这门亲事，只有达之助一开始就不大有好脸，志野不免反感。“加藤先生说清宫先生取得了浅羽武馆的资格呀。”

“这个我清楚，太四郎在浅羽是高徒。”达之助说，露出一脸坏笑，“但你不知道吗，那资格要是在我们武馆顶多算出徒。”

“我不知道。”志野生气地说，觉得自己看穿了哥哥的心思。

街上有五家剑术武馆，一家教柔术的武馆，其中单刀派的服部武馆与空钝派的浅羽武馆格外红火，门徒多，生气勃勃。正因为吃香，两个武馆之间早就有矛盾，彼此不爱提对方。今春赏花时节，两个武馆的门徒喝醉了酒，险些互相拔刀斗殴，此事在藩府也挂了号，流言风传，志野也知道。达之助是服部武馆的三大高手之一。对清宫太四郎不怀好意，大概根子在这里。

没有大人样儿——

明白了这种心思，志野瞧不起哥哥。似乎哥哥越贬斥，她反而对太四郎越着迷。

带阿峰出来购物，路遇太四郎，被拉进酒馆，志野没拒绝。那时有阿峰在，而且对传闻很会玩的太四郎充满好奇心。最关键是想给紧皱眉头、独自对这桩婚事唱反调的达之助一闷棍。

“下次你一个人吧。”

那天，加上阿峰，三个人来到“朝川”，太四郎大声说，并还征求阿峰同意。志野和阿峰相视，吃吃地笑了。那时，二人都已对清宫太四郎这个人豪爽大方的人品感到亲近了。在“朝川”，两个女人吃菜，只太四郎喝了一点酒，短暂的时间让两个女人品味到和男人在一起的快乐。怎么办呢，阿峰——志野说，明知道阿峰不会反对。志野那时胆子大得连自己都吃惊。

不过，在阿峰掩护下二人第一次相会后，志野深感自己干了无法挽回的事，这也是真的。太四郎干的，与志野隐隐约约的预想不同，甚至有一种不洁的罪恶感。虽然其中潜藏着欢愉，但志野没有体会欢愉的余裕，像罪人一样萎靡。支撑她的唯有一种意识：那男人已交了彩礼，自己来春就可叫他丈夫了。

今天却不一样——

钻过街上的人群，志野突然这么想，不由得张望了一下周围。她回想起被男人引导、窥见了深沉的快乐那一瞬，觉得心思被人发现了，但薄暮笼罩的路上，人们只是在匆匆来往。

和阿峰会合，然后回家，恐怕天要全黑了，但志野发现自己并不大在乎。思虑在逗留“朝川”的人那边，家不在心上。

父亲在藩府有事，近来天天都回家晚。母亲有病在身，气力微弱，不可能数落女儿的行动。至于哥哥，要是回家了，也许责备她回来晚，但可以不理睬。志野就这么想。

二

路很黑。随从丰助提着灯走在前面，灯光萧瑟地照亮二人脚下。光亮照不到的地方蹲踞着浓浓的黑暗，仿佛要扑过来。

今天又没出来——牧与市又卫门想，指的是藩主右京太夫。

藩府里连日召开执政会议，三天前藩主也亲自出席，倾听议论，但昨天，接着是今天，都没有出席。通知执政会议的表面理由是说身体不适。

可是，牧知道不是那回事。右京太夫显然是对牧有所不满，所以才不出来了。这一点，可能除了他之外还有人察觉了，但谁都不去碰。

执政会议上研究应该从新年推行的农政。海阪藩五年前遭受冻灾，全域的作物只收获四成。当年放粮赈灾，藩民好歹度过了饥荒，但藩财政却一蹶不振。前年藩主要前往江户，竟至把城下的几个富商请进城中款待了一番，向他们借钱筹措费用。

藩里盼望丰收。不仅街镇的商人，而且向出入江户藩邸的商人也借了钱。估计连续丰收两年，即使还不上全部欠债，起码也能还清本藩的借款，付给江户商人利息，可是，荒年以来连年不如意，据郡府查看的结果，今年的收成还是比平年稍低。

就这么漫不经心，早晚被欠债勒住脖子。藩府已不得不改革财政，需要拿出一点办法来。就是为此而连日开执政会议。

意见分成两派：中老户田织部提出彻底管束藩内，郡代粕谷甚十郎则主张大规模开荒垦田。此外也有其他提议，但最终议论集中于这两种办法，还没有结果。

户田的所谓管束，是整理歉收以来零星贴出的节俭令，并进一步强化为大俭令发布，同时，来春清算以前作为借贷而未向百姓征收的租米，收租时一律征缴。

“这么一来，就会有百姓家破人亡。”

按照户田说的那样搞，大概藩库会一时丰盈。他提出概算：包括小农户在内，未缴的地租和积累的利息一律收缴上来的话，折合成金子，将近八千两。但牧想，这么搞，百姓就惨了。

户田好像早就想到了这种反驳，当即回击牧的话。

“破产的土地有人要。”

“是高丽屋吗？”

“对。”

“我反对。”牧大声说。

高丽屋是街里的富商，从十来年前简直像白捡的一样，一点点买占破产的土地，自五年前歉收以来弄到了相当多的田地，如今是远近闻名的地主。

本来藩里有一个原则，那就是百姓放弃的破产土地收归村有，由村耕种，禁止随便买卖。高丽屋能发展为地主，传闻其背后有跟藩府当权者的勾结。没有证据说户田是那个当权者，做出裁决的是藩主。

然而，像户田说的那样，管束藩民之后由高丽屋揩屁股，高丽屋的地主身价就会一举提高，藩里将出现一个前所未有的大地主。

牧仿佛看见百姓被那个大地主掠夺的情景。他才三十多岁的时候当过几年郡代，执掌郡务，多少知道百姓的生活。地主的剥夺远远超过藩府收租。

由于牧和户田对立，执政会议分成两派争论。粕谷提出的垦荒措施，是在藩南唐纸山脚下的荒地上开垦一百亩新田。他预计开垦需要五个寒暑，这期间节俭令仍按以往标准，租赋反而应宽缓，以增加民力。

户田方案得到次席家老矢部孙千代、中老佐佐市郎左卫门、队长松井权兵卫等人支持，粕谷方案得到首席家老氏家内藏助、中老津田奥太夫、队长加藤靫负和牧等人支持。争论有时倾向妥协，有时针锋相对，轻易得不出结论。在激烈的辩论中，牧说走了嘴。

那时是议论大俭令，说到江户藩邸的开支，牧批评歉收以前藩主在江户玩乐，是藩库本来就匮乏的理由之一。这的确是一个大理由。那期间江户花销庞大，藩里苦于筹措。

“要是没有那种事，即使歉收，也不至于窘迫得像现在这样。”

牧肆无忌惮地说。他的大胆批评使重臣们不禁屏住气看着上座。藩主坐在那里。

被大家看着，藩主白白胖胖的脸上露出苦笑，只是说翻腾出老话，不如还是说眼前的事情。第二天，也就是昨天，藩主就不再莅会。

触了逆鳞——牧想。

提到江户玩乐时，他看见藩主的脸一下子闪过骇人的暴怒颜色。看见那种表情的，可能只有牧一个人。其他人窥视上座时，藩主苦笑，装作不在意。

恐怕早晚要怪罪……

牧心里已有所准备。把藩主玩乐说出口时就做了这个准备。那是非说不可的。节俭令当然也涉及驻江户的藩邸，但那里对节俭的落实完全走过场。只要看看每年花销之大就一目了然。总之，只能认为江户藩邸没那么切实认识到歉收以后藩财政的拮据。

江户藩邸要求送钱来，态度就好像那些钱都是该花的。虽然做了开支的明细，但总管原田六左卫门作为藩库看守人愤慨地说：“这样找借口，多少都能找！”

牧打算用大胆批评藩主的过失来制止江户大宅院乱花钱，让他们知道藩里困难到了不得不批评藩主的程度。可是，这也含有顺着讨论的势头口不择言的一面。因为虽然平时心里对江户藩邸不满，但是以那样的形式说出来，批评藩主，是在这之前也不曾想到的。

早晚要怪罪，也许就在这次执政会议过后吧。牧一边想，一边跟着丰助手里拎着的灯笼光亮走。

“丰助，你不饿吗？”牧说。

在城中讨论时给上了年糕，侃侃而谈的诸公也借此休息一下，但丰助在随从房间里等候，应该到现在还什么都没吃。时间已经过了晚上九点。

走在侧前方的丰助回头要说什么，却听噗的一声，灯笼落地。火登时熄灭，二人被黑暗笼罩。

“丰助，怎么回事？”

“啊，对不起，灯笼……”说到这里，丰助的声音突然断了。然后在不远处发出呻吟，接着又响起重物倒在地上的声音。

“怎么了，丰助？”

牧说着，倏地拔出刀。浓浓的黑暗。仿佛踏着无底的黑暗，脚跟不稳。黑暗灌进牧的眼里鼻里。

他把刀斜横在身体前面，伫立在黑暗中，等待不速之客出手，自己一步也不动。

感觉来自正面。什么人慢慢靠过来，一度停下，又慢慢靠近。

“什么人？”

牧厉声问，但对方默不作声。沉默着停住。面对只是一个感觉的东西，牧双手握刀，使出全力突刺。但下一个瞬间，刀随着刀刃相击声脱手，牧连后退的工夫都没有，左肩剧烈疼痛，在冰冷的金属感觉中昏倒。

是藩主的旨意啊——

在失去意识之前，牧想了一下杀他的人嘀咕的那句话。

三

“啊，随意些。”户田织部说，让达之助喝家士端上来的茶。

达之助表情僵硬。十天前在风光寺举行了隆重的葬礼，三天前又办了头七。出了父亲遇害的意外凶事，接着是葬礼、法事，一直很紧张，达之助疲惫不堪。

但今天早上户田来信，让他来家，他当即决定去一趟。父亲死前，达之助听他讲了在执政会议上处于什么样的立场。对立最严重的是户田织部，所以达之助认为，户田与这次父亲的死不可能无关。

户田的信写得很诚挚，似乎看透了达之助的这种情绪。诚挚地写道：有急事相告，当此贵体疲惫之时，深感惶恐，望惠然肯来。但达之助无视其诚挚。他来只是要听听户田打算说什么。

眼前这个人，在某种意义上是他现在最不想见的。他不去碰摆在膝前的茶，用冷峻的眼光注视户田。

“此次令尊惨遭横祸，实在很遗憾。”

“……”

“世袭的事，昨天和氏家大人也商谈了，估计今明两天会下发许可。暂时在近侍队当勤，好好干。”户田说，语气恳切。

达之助只略微点了一下头。

“那好，让你在忙碌的时候来一趟，是……”户田干咳了一声，又啜了一口茶水，然后直盯盯看着达之助的脸，“昨天氏家大人、矢部大人，还有我，三个人叫来大监察岩佐，问清了对令尊之死的调查，结论是……”

“……”

“下令今后所有的调查都停止。”

“什么！”

“说有事告诉你，就是这件事。”

“请说说原因。”达之助咄咄逼人地说，脸色铁青，似乎隐隐看出了诡计。此次讨论政策，首席家老氏家与父亲意见一致，跟主张管束的次席家老矢部、中老户田应该是对立的，他们三人协商停止对父亲横死的调查，这当中一定有什么交易。“凶手不明，就这么停止吗？”

“是的。”

“那么，想必有理由，我想知道。”

户田把眼睛移向纸屏。射进宽阔庭院的午后阳光映照着纸屏的下半部，在明亮中，刚才就看见像黑点一样的东西时隐时现，大概是蜜蜂什么的在檐下飞舞。

户田厚实红润的侧脸露出几分忧郁的神情。他把眼光收回到达之助脸上，依然用沉稳的语调说：

“不错，要说理由，在说理由之前……”

“……”

“这次的事情，你怀疑我们，特别是我吧？”户田直截了当地说。达之助默默盯着他。“你那么想很自然。这回执政会议上争论不休，是前所未有的。其中令尊的意见跟我说的尤其对立，寸步不让。”

“我听说了。”

“所以，你以为是我让人袭击令尊，为推行我的政策除掉了他吧？”

“……”

“但那是不可能的事，达之助。”

“……？”

接受了达之助的视线，户田点点头，继续低声说：

“为什么不可能呢，虽然议论不休，但步骤是最后我和矢部大人让步，同意令尊等人说的垦荒方案。”

“步骤？”

“是啊，知道这个计划的只有氏家、矢部、我三个人。按照这样拟定的计划，我反对粕谷方案，强硬地坚持自己的主张。那是故意的，哪里有铲除令尊的理由。”

“为什么？”

达之助茫然。父亲不知道这一点，参与论争，回家也一个劲儿谴责户田。有什么必要搞得这么复杂呢？

户田不回答达之助的询问，冷不防起身，打开纸屏，探看檐廊和庭院。日影照进来，屋内洒满令人目眩的光亮——仅此而已，后屋寂然无声。回来重新坐下，户田严峻地看着达之助。

“现在要说的，概不外传，可以吗？”

“是。”

“你也早晚有一天要担任队长，参与藩政，这也是将来用得上的知识，所以告诉你。颁布大俭，再压榨一下百姓，借此重建财政，其实是平时藩主的一贯主张。”

“……”

“作为中老，对这种想法难以附和。那是恶政，但我们也不能从正面说那不好，况且藩主也并没明确说这么做。所以，我们借这次粕谷提出了好方案的机会，把可能是藩主所想的方案拿到了执政会议上。”

户田等人压根儿就是为了在会议上搞垮这个方案才提出来的。在会议上就户田方案争来争去，这样也给了藩主面子，但最后以执政会议表决的形式埋葬掉，目的就是用执政会议的权威来压制藩主的想法。

“藩主绝非愚昧，但生长在藩里富裕的时代，不知劳苦，喜欢浪费，不了解民情。”

“……”

“你知道有风传吧，说藩府的上层人物跟高丽屋勾结，大捞好处。”

“啊，听父亲说过。”

“风传搞错了事实，但谁都不想碰它。高丽屋确实给上头送钱，接受的不是别人，是藩主。”

“……”

“代办的是管家田村。当然田村是好人，不愧叫菩萨田村，一两也没进私囊。他只是默默照藩主的命令办，对谁也不泄露。”

达之助垂下头，陷入一种无力感。看来父亲闯进了藩府局势的错综复杂的背面，因而被杀掉。杀掉父亲的人的面孔分明可见。

“我们下令停止调查的理由你大体能猜到了吧？”

“啊，明白了。”

“令尊不光是反对我提出的方案，也就是藩主喜欢的复兴方案，还在会议上得罪了藩主。这听说了吗？”

“没听说。”

“几年前，藩主在江户耽于玩乐，掏空了藩库。令尊当面谴责，说这是藩财政疲敝的远因。”

达之助头一次听说这件事，心想，原来父亲居然直接有被藩主憎恶的理由。

“听到令尊死于非命，我最先想到这件事。令尊不知道上头的可怕。”

“……”

“让岩佐调查只是个形式，因为必须先怀疑是盗贼所为。但岩佐的调查彻底指向了一点：令尊什么也没丢。那个叫什么的随从只是要害挨了一下，没有被杀死。而且杀手在那样的黑暗中准确无误，一刀就夺去令尊的性命。无须置疑，不必再调查。”

“……”

“达之助——”户田招呼达之助靠近，几乎促膝。他脸上露出极其紧张的神色，声音近乎耳语。“是上头干的，有奉命杀人的确凿证据。”

“……”

“你知道月黑讨逆吗？”

“……”达之助摇头，第一次听说这个词。

“这是藩里的秘密，知道的人没几个。月黑讨逆是……”

“……”

“传闻上一代藩主搞过两次，再上一代藩主搞过一次。藩主怀恨在心，按捺不住时就动用，是不动声色地奉命杀人。”

“……”

“因为是暗事，杀手必定在黑夜遣派，特点就是从黑暗中开始，在黑暗中结束。那天夜里，我跟令尊前后脚出城，所以也知道，夜黑得简直把灯笼的光亮都要吞没了。那天夜里上头派出了月黑讨逆的刺客，这大概不会错。”

“……”

“听说月黑讨逆的刺客使的是虎眼剑法。”

“虎眼？”

“暗夜用刀如白昼，这个绝招我还是孩子的时候听家父说的。据岩佐调查，令尊身上只见有一刀斜肩劈下的伤口，是吧？”

“是的。”

“岩佐说，从一刀夺命来看，杀手一定是刀法极精的高手，而且斜肩砍得很准确，伤口足够深，只能认为杀手在黑暗中眼睛能看见。岩佐这么说，是因为你家的随从说灯笼被弄灭了。我听了，立马就明白是月黑讨逆。”

“是什么人呢，那个杀手？”达之助不禁悲吟道。想起丰助跑回来报信，他匆忙赶去，父亲已经是一具凄惨的尸体。当时的悲愤又在胸中翻滚，被户田的讲述封住了出口的怒火马上就要从微小的缝隙向黑夜的杀手迸发。

户田摇摇头，不掩饰黯然的表情。

“谁是月黑讨逆的刺客，除了上头，谁都不知道。只听说藩中唯有一家以此为使命，虎眼剑法父子相传。”

“……”

“本代藩主已在位三十五年了，没发生过月黑讨逆，我以为那家恐怕已后继无人，看来这想法有点太天真了。”

四

“户田说不知道，但我要调查到底，并非一点没线索。”

达之助说。以前就病恹恹的母亲葬礼后卧病不起，晚饭就只有达之助和志野两个人。

吃完饭，婢女阿峰撤下餐具，达之助又提起饭前的话题。

“还说那事吗？”

志野做出厌烦的表情。她不愿意回想父亲的死。那立刻会唤起自责：那天父亲大难临头，自己却在跟男人度过快乐时光。

“不是已经无可奈何了吗？户田大人说得很清楚吧，是藩主赐死，和私怨互杀不一样。”

“这我明白。我也是牧家的户主，对藩主有怨也不会说。但不容许那个杀了父亲的家伙在藩中装作若无其事，要找出来。”

“打算找出来怎么办？”

“找个借口比武。”

志野叹息一声，心想，达之助自幼脾气暴，这次恐怕也是不达到自己满意不会罢休的。

“可是，你说找，也还是什么线索都没有吧？”

达之助盘问那晚跟父亲一起的丰助，但问来问去最终也毫无收获。丰助被打落了灯笼之后立即被从背后扭住，堵上嘴，一眨眼在黑暗中给拖出两三丈地，而且刚试图反抗，登时要害便受到猛击，昏迷过去。他记得的就这些。

“有线索呀。”达之助说，放下抱着的胳膊，表情蓦地变得不怀好意，看着志野。“比如那个清宫太四郎也值得怀疑啊。”

“咦，为什么？”志野心不在焉地看了看哥哥，以为他使坏开玩笑。

“砍父亲的一刀是从左肩砍的，好似披袈裟，估计用的是偏右而立的架势。这种架势最拿手的，在街里只有空钝派的浅羽武馆。”

“……”

“而且，杀手不是凡庸之辈，看伤口一眼就清楚。太四郎在浅羽也算是高徒之一。”

“清宫不是那种人，不会干刺客之类见不得人的事。”

“那必须调查。”达之助冷冷地说。志野知道哥哥是当真说的。“我要调查那个时候，就是父亲被砍倒在地的九点前后，鹰匠坊附近有没有浅羽武馆的人，直到满意为止。”

“……”

志野感到心突然猛跳。出了酒馆“朝川”，顺小路往左走，过了酒屋坊，如果往右走，就来到鹰匠坊后街。

“限定要调查的人，事情没那么难。”

“……”

“清宫家领俸禄四百石，却代代无职务。在家臣中属于上等，所以也不用执勤，不知在干什么。”

“哥哥，别说了。”

志野不由得直起身，受不住心里乱跳了。达之助闭上嘴，好像觉得确实说得过分了。志野重新跪坐，对达之助说“失礼了”，扭头出了起居间。

进了自己的房间，志野点亮灯，跪坐在镜子前。一张女人失去血色的脸沉潜在灰蒙蒙的镜面里。

难道真是他——

从这个念头的缝隙之间膨胀出疑惑。清宫太四郎那天确实问过父亲出城的时间，志野回答最近每晚八点到九点。当时只当是幽会男女担心家里，随口说说，不曾往深里想。可是，重新想一想哥哥说的清宫太四郎的事，好像当时说的话就带有重要含义了。

应该打发阿峰去一趟“朝川”——

志野留下太四郎离开“朝川”是晚上五点来钟。太四郎说喝酒，之后待到几点，离开“朝川”是几点呢，必须让阿峰去查明。志野想。

假如太四郎是八点到九点之间离开“朝川”，就必须跟哥哥说，那就要坦白和清宫太四郎的秘密。这么一来，和他的关系肯定就完了。

这是应得的报应——

不管清宫太四郎是不是那天夜里的刺客，在父亲死前两个时辰，沉迷在男人怀抱里的女儿都该受这个报应。志野认为这是惩罚。放下镜子的布罩，志野站起身去阿峰的小房间。

半个月后，牧达之助在锻冶坊的浅羽武馆见了馆主浅羽喜左卫门。他作为服部武馆的使者来探询是否举行服部武馆与浅羽武馆每年一度的对抗比试。

浅羽为人敦厚，说要是服部武馆有这个意向，那就跟门徒商量一下接受。对抗比试搞得好，能提高两个武馆的声望，增加入门习武的人数。

每年一次，春季八幡神社祭礼时当作礼神比试。各出五人对抗，目的是切磋技艺，加深友谊，输赢不记仇。云云。达之助连细节也讲了，告一段落时说道：

“听说空钝派有一个绝技叫虎眼，是什么样的？”

“虎眼？”浅羽诧异地看着达之助。他是一位头发和胡须白得发亮的老人，红润的脸上微微一笑。“打听这个绝技的，你是第二个。我继承这武馆时，距今四十来年前，有人问过同样的事，是当时的家老户田大人，就是现在的中老的父亲……”

“那时怎么回答的？”

“我回答，本派现在没这个流传，但讲了早年的事。”

“那就是早年有过了？”

“是的，我讲了，开办这个武馆的祖父甚之助琢磨出那个刀法。不过，可能有什么原因，祖父没把它传给家父。”

“对户田大人透露的早年事情呢？”

“极零碎。家父没学，但小时候听祖父说过，什么暗夜用刀如白昼啦，要练那个绝技必须自幼暗中看物，向看得见的东西挥木剑等等。”

“……”

"还说看黑夜之物，看星，再看物。我推测是暗夜里打斗取胜的招法，叫虎眼也是这个意思吧。"

"……"

"早年有夜战，可能那时祖父下工夫把经验练成了绝技。也许觉得太平盛世用不上，就丢弃了。"

"这么说来，现在没有人继承这个绝技了？"

"没有，祖父一代就灭绝了。"

并没有丢掉，浅羽甚之助大概偷偷地把这个刀法传给了一个徒弟——达之助暗想。一击置父亲于死地，那骇人的功夫就是证据。

五

场地很宽敞，三面已围满了看客，密密匝匝。大部分是藩里的武士，后面的树荫下也站着相当多的百姓。

浅羽、服部两武馆比武，声望之大超乎预料。已经比试了三对。樱花不时在白天的春日下飘落。

清宫太四郎从浅羽武馆的席位走出来，和达之助互行一礼，想要摆架势，达之助扬手制止，拎着木剑走过来。观众骚动，担当裁判的藩教头宫阪藤兵卫也喊了什么，但达之助不理睬。

“今天比武，正好跟我捉对，不觉得奇怪吗？”达之助说。

太四郎面无表情地回看他。

“无所谓。”

“跟你捉对，是我故意安排的。”

“呵。”太四郎眯起眼睛。

“为什么？”

“因为你是人渣。”达之助恶狠狠地说，“志野全都说了。还没娶进门就玩弄人家姑娘，不感到可耻吗？”

“原来是这么回事。这就是退婚的真正理由吗？可我想不通，志野小姐同意解除婚约吗？”

“同意不同意用不着你管。我不能把妹妹嫁给可能有杀父之仇的男人。”

“这倒叫我吃惊。”清宫太四郎脸上露出苦笑，“我还以为有什么别的原因呢，那可太误会了，令尊的不幸跟我没关系。”

“有证据那天晚上的刺客是浅羽武馆的，而那个时候在鹰匠坊附近的只有你。已经查清了，你九点之前离开了‘朝川’。”

“这就是证据吗？太讹赖了，我退出比武。”

太四郎脸冲着达之助往后退。这时观众骚然，飞来一连串厉声叫骂。当初看客们怪讶地看着比试之前莫名其妙的交涉，但终于起急了，开始大骂二人。

宫阪朝这边走过来的身影映现在达之助的视野中。达之助喊道：

“比，清宫，一比就水落石出。”

达之助猛然出手，太四郎来不及躲避，也举刀迎击。干燥的木刀炸响，一个回合，二人飞快地闪开站定。场内鸦雀无声了。

太四郎偏右而立，缠头巾下的脸苍白。

肯定是这个架势——

达之助把刀尖指向对手眉心，心想。杀父亲的一定是浅羽武馆的这一招，但眼前的人是否那晚使出虎眼剑法的刺客并没有确证。

志野把太四郎那晚九点之前离开“朝川”的事实告诉达之助，这就坦白了和太四郎约会，受到痛斥。达之助抓住的事实到此为止，再往前就模糊不明。虽然不明，但眼前这个人肯定是最值得怀疑的。此外没有人值得怀疑。

过来，清宫——

达之助等着太四郎砍。那一砍若带有杀意，太四郎就必是虎眼刺客。虎眼刺客关系到藩主的秘密，不要说知道真相，连有所怀疑都不许。谁怀疑就只有除掉谁。暗中之人不能被人看见一鳞半爪。假如太四郎是刺客，现在就给了他公然收拾碍事的追踪者的场合。木刀比武，时有致死的事故。

对于达之助也一样。若看出清宫太四郎的木刀有杀意，那时就顿起杀机。这是除掉藩主豢养的杀手的唯一机会。可是，太四郎只是四下里躲避，也许他不是刺客。

是与否各半——

还什么都不能说。看着太四郎的架势，达之助想。左脚稍稍向前踏出，木刀举在右肩上，太四郎的架势无懈可击，看来比达之助想象的更高明。光是用冷静的眼睛窥伺达之助，没有主动出击的意思。

以这样的态势，就分不出胜负了——

达之助一点一点向右绕。明知不利，轻掠过来，击中太四郎左臂。刹那之间，从左上方落下来凌厉一击。

“好，再来！”

就是这偏右而立的一击杀了父亲，达之助想。他勉强躲开，满含憎恶地吐了一句，随即扑向太四郎。木刀相击作响，倏然错身，再次相击。是殊死的搏斗。

观众都站起来，宫阪向二人跑来。现在谁都明显看出来了，眼前的比武充满了杀气。

该叫他们两个了——

志野想着，走出门口。夜很黑，但天上有星星。院子的角落里传出丈夫和孩子的说话声。

嫁给兼光周助七年了。五年前志野生了孩子，就是此刻在说话的儿子诚助。

兼光家跟牧家是远亲，血缘很远，只是父亲葬礼时也在寺门前送殡的程度，但志野认识他。代代食禄七十石，周助为藩主掌管财物，是个很敦厚的人。

兼光家再三拒绝这门亲事，但达之助强求不舍。和清宫结亲告吹后，他为再不想找婆家的志野感到棘手。

嫁到兼光家谈不上幸福，也没什么特别不幸福。志野时常这么想。周助沉默寡言，相貌很一般，只是勤勉地上藩府执勤。孩子出生，七年岁月过去，形成了一种既成的生活。志野对这种平凡的生活也安之若素。

清宫太四郎的事几乎想不起来了。与哥哥达之助在八幡神社境内你死我活地用木刀比武之后不久，太四郎娶了妻。这是志野听到的太四郎的最后消息。对太四郎的记忆纠缠着父亲的死。淡忘是出于自责，但志野并没有觉察这一点。有时会纳闷地想起达之助吵嚷清宫是杀死父亲的凶手，仅此而已。达之助跟太四郎比武之后突然像辟了邪，不再说这件事，现在热衷于勤务。志野出嫁以后他娶了妻，已经有两个孩子。

那是怎么回事呢？有时志野极少有地隐约想到当时的事情，但念头一闪而过，立刻被日复一日的生活冲走。她对此没什么不满。占据志野心中的小小烦恼，也就是召唤这对不知归的父子回家而已。

走过去要叫孩子的名字时，传来周助的声音。

“看见星星了吗？好，这回看那里的石头。石头也能像星星那样看得清楚。凝起眼睛看，直到看清楚。”

“是！父亲。”诚助的声音响起。丈夫平时不怎么开口，现在却非常投入地喋喋不休，志野觉得奇怪。这时她心里有什么动了一下。

她觉得丈夫说的话好像以前在哪里听过。她沉思，终于想起来时，不由得要叫出声来。那是浅羽喜左卫门对达之助讲的话。志野听哥哥说过浅羽馆主讲的虎眼剑法的修炼。看黑夜之物，看星星，再看物……

传来丈夫的声音：

“这回看这棵草，有几片叶？”

“八片。”

“好，看得很好了，那就再把眼睛返回星星。”

对丈夫没看漏什么吗？志野慌忙摸索记忆，但，什么都没有。记忆中只有享七十石俸禄的管仓人的平凡模样。

那是怎么回事呢——

志野最后想起来的是跟兼光家提亲时的事。那天，她瞒着家里人，去狐坊尽头的兼光家。听说有话要谈，周助把志野带到五间川的土堤上。

在下午的明亮阳光中，志野坦白了清宫太四郎的事情，希望周助考虑，再决定答应还是不答应这桩婚事。

周助默默听了，用淡然的口气说不在意。然后站住，轻轻握住志野的手。志野决定嫁给周助就是这时候。

回来的路上，志野突然听见嗖的一声，同时眼前有一个亮光。就在她吓得往后仰之际，周助一把抓住那亮，是一支竹箭。周助站住，脸色有一点可怕。从土堤下出来一个拿小弓的少年，周助说了句“注意别射人”，就把箭还给他了，脸上已经又换了心平气和的笑容。

当时志野漫不经心，只是说了句“孩子爱玩险的”，可是，抓住飞来的箭，若非训练有素的人怎么可能呢。

“好，再看这边的石头。是圆的，还是有棱角？”

志野静静后退，听见这声音。那像是父子单纯玩游戏的声音，又像是杀手世家血脉传延的秘密仪式的声音。志野茫然伫立在膨胀起来的疑惑中。

必死剑鸟刺

一

政务室内的声音突然高起来，接着响起津田民部的笑声。声音响亮，带有一点为响亮而响亮的做作。也传来藩主右京太夫回应的低低笑声。

藩主政务室中的空气好像很和谐。近卫长兼见三左卫门侧耳静听那动静。中老津田进藩主房间已过了半个多时辰，看来长谈总算结束了。

纸屏拉开，津田出来，流露着和藩主商谈很顺利的表情。他微笑看着兼见，近前随便坐下来。

“今晚有空儿吗？”

“有。”

“有几句话，挺复杂的。”津田小声说。微笑消逝了，白皙的脸上露出一点紧张的神色。

“去府上吗？”

“嗯。”津田低下头，立刻又做出决断似的说，“最好早点来，值完勤就过来吧。”

“明白了。”三左卫门说。

送走津田，三左卫门回到原来的位置。隔壁响起藩主的咳嗽声。

中老有什么话说呢？三左卫门想。津田说这句话时脸上掠过的一丝紧张之色还留在三左卫门眼里。可能有关自己的身份。他这么想是有理由的。

兼见三左卫门被提升为近卫长不过是两个月前。那之前他没有职务，更以前当队长。三年前，当队长的时候，他在城中刺杀了一个女人，那女人是藩主的爱妾，因此被解职，减俸，直到两个月前都还过着沉沦的日子。

被三左卫门刺杀的妾叫连子，是藩内有名的修验道信徒的女儿。貌美无比，又有才气，有人奉献，就成了藩主的妾。连子确实是美丽而乖巧的女性，但另一方面也不得不说她具有不符合为妾身份的癖性，那就是对政治过于感兴趣。

和聪明伶俐的美妾喝酒时，藩主肯定会说一些对藩政的左思右想，而连子发表的意见意外适宜，恰到好处，大概这也是事实。藩主那半是炫耀的神情向重臣们泄露了这一点。藩主沉湎于才色双全的爱妾。

执政们不责备藩主的爱妾过问政治，雍容大度地旁观。可是，连子仗着自己被赋予的才气与权力，对重臣们的意见不满甚而破坏，到了这个地步重臣们就不能再摆出听之任之的面孔了。

然而，醒悟时已经晚了。即便藩主说的意见或裁断明明听得出是连子的主意，但出自藩主之口，就难以违抗。

失政已是明摆着的。重臣们觉得处分家臣有两三次裁断有误。有一阵子赤石郡各村眼看要发生暴动，就是因为藩主无视重臣们反对，改变了一直沿用的收成勘查法。

再有，要复兴一座与藩主家有关系的废寺，只好从藩里捉襟见肘的财政中拿出大笔钱，可是大迦蓝建成了一看，主管那寺院的人是连子的亲戚。执政会议为藩府内部慎重制定的俭约令被删削得面目全非。

若干失政让人觉得背后确实有女人在捣鬼。侍妾连子对藩政插嘴，在家臣中广为人知，甚至还有人散布，那美妾连藩主的政务室都进了。

当然那不过是谣言，但出了这种谣言，足见家臣当中弥漫对连子的抵触和愤慨，但没有一个人就此向藩主进谏。

只有一次例外。统帅家臣、主持藩务的家老之一带屋隼人正得知藩里硬要为重建废寺兴牧院大笔开销时，主张不应大兴土木，与藩主争执。带屋家被尊为别家，与藩主家血脉相连，隼人正是右京太夫的表弟。

隼人正当时陈述藩财政的困窘，说应该控制修建寺院，跟藩主争得很厉害，但就是他也不去碰背后的嬖妾。

重臣也个个沉默。连子是伶俐可爱的女人。藩主小妾的政治嗜好现在已不能一笑置之，但他们不认为当面直谏就可以除去连子并使谏者毫发无伤。大概只有等待时机吧，他们嘀咕来嘀咕去，可谁也不知道那时机何时到来。

藩政一点一点地出现纰漏，这是谁都看得出来的。藩府中的空气沉闷了。担任队长的兼见三左卫门刺杀连子就是那时候。

主城的庭院里有一个能剧舞台，叫春乐殿。藩主喜好能剧，自己也会，非常入迷，每年两次从江户请演员来。

那年春天也来了江户演员，内宅的女眷也出来观看。结束是下午四点多。主城的房屋与能剧舞台有桥廊相连。三左卫门坐在主城一侧的桥廊入口。

他把视线落在膝头，等着看完能剧的人们回来。藩主、重臣们过去了，接着后宅的女人们走过来。她们穿戴艳丽，盛开的樱树把花枝伸到桥廊，宛如画卷上的人物在动。

冷不防三左卫门站起身，好像从女人当中拔起来似的把连子抓过来。他是身高将近六尺的彪形大汉，简直像老鹰抓小鸡。连子被抓住肩头，娇小的身子离地五寸有余。这时三左卫门的小刀嗖地刺穿她胸膛。

女人们惊叫着逃散后，三左卫门轻轻把连子的尸体放倒，不理睬跑过来的家臣，慢慢走进本城的房屋里。

二

这是三年前的事。刺杀的可是藩主的爱妾，三左卫门准备受极刑。剖腹是当然的，弄不好会被砍头，倘若藩主恨之入骨，也可能是绞刑。他是三思而后行的，甘受任何惩处。

然而，所受的处罚出乎意外的宽大。闭门思过一年，二百八十石俸禄减为一百三十石，褫革职务。仅此而已。

三左卫门大感意外。何止意外，还觉得难以理解。

他脑海里有一张自己刺死的女人的脸。这女人多嘴多舌，但并不知道她本人是否那么坏。只因显然是藩的祸根，就一举铲除了。自己只是干了大家都觉得该干却不敢干的事情，不后悔刺死她。

但他心里对那女人也不无怜悯。被抓住肩头时，她用惊愕的眼睛仰望三左卫门。年轻的女人，而且连那种情况下的表情都不难看的女人。仿佛刺了可怜的东西，由于这种怜惜，三左卫门觉得要是跟女人对刺就好了。

况且刺女人含有对藩主的严厉批评。不该是闭门思过，该剖腹才是，这个念头挥之不去。闭门一年解除后，他也闷在屋里，就因为总觉得与自己干的事相称的正式处分还没有来。

但两个月前，三左卫门接到命令，恢复原来的俸禄，就任近卫长。来通知的是津田民部。

“听说你现在还不跟亲戚来往，拒不见客。”当时津田说，“我们也一直很佩服，看来主上对你这种可嘉的谨慎很满意，说不能就这么埋没了兼见。”

“不胜感谢，但我是对主上非礼受了处罚的人，在主上身边侍候不免有所顾忌。”

三左卫门推辞。不是为了受人夸奖才闭门不出的，而且刺杀藩主的爱妾只是自己的一意孤行，完全没有拿来当功劳在藩里飞黄腾达的意思。

“这一点不必担心。”大概津田把三左卫门的话当作了谦让，“主上后悔过去的事，悄悄对我流露过，以前不该在藩政上听女人的话，对你干的事已经不生气了。”

“……”

“主上很快就发现了这一点。对你的处罚只是闭门思过，其实也是主上吩咐让宽大的。”

津田还说如果拒绝就辜负了主上的关怀。无奈，三左卫门接受了命令。担当近卫长在藩主身边执勤已经两个月了。

这个职场对于三左卫门来说并不舒畅。虽然津田那么说，第一次出勤那天藩主也说了不必在意既往，但是总觉得态度底里是冷淡的。

而且，十来天之前清楚了那不仅是感觉。因为有事，三左卫门拉开纸屏，毕恭毕敬，冷不防藩主的怒吼劈头盖脸：

“那鬼脸不要总出现在我面前！”

三左卫门抬起头，看见藩主坐在桌案前，只把脸扭过来，怒容满面。三左卫门不知该说什么。藩主焦躁地说：

“以后有事，隔着纸屏说，不必总露头。”

“是。”

“自己不知道吗，你那张脸并不是看了教人痛快的脸。越看越来气。”

“主上，请解除我的职务。”三左卫门马上说。

三左卫门相貌丑陋。脸色黢黑，额头略微凸出，鬓发脱落。

黑脸上小眼睛上挑，嘴唇又厚又大。这张脸搁在六尺来高的魁梧身躯上倒显得很相称，但是在近处从正面看，就让人觉得像一条凶猛的大鱼。

三左卫门知道自己貌丑。脸被数落了，便认为不胜任这个职务。

“兼见，你想错了。”彼此瞠目对视了片刻，藩主突然转过脸去说。震怒过去了，藩主恢复了正常的声音，“对你的近卫长工作没什么不满，干得不错。不需要给你换职务，但是，按我刚才说的做。”

此后三左卫门隔着纸屏通报来人或报告事情。藩主的琐事让其他近卫做，自己不进政务室。

可是，不可能总这样下去——

三左卫门想。不知是像说的那样不中意这张脸，还是心上有死掉的小妾，总之主上对我当近卫长不称心。

大概中老就是为此事——

当天傍晚，出了藩府，沿着护城河往津田宅邸走，三左卫门又这么想。

向西转过护城河时，发红的晚春阳光从正面照着三左卫门。他眯起眼睛，慢慢移动魁梧的身躯。对于被解职他毫无不满。

三

津田民部准备了简单的酒肴候着他。三左卫门一进来，他立刻屏退左右。

“不好干吧？”

“算了，边喝边说吧。”津田倒是很坦率，把酒壶举向三左卫门，笑了笑。他才三十四岁，比三左卫门小七岁，却承袭父位，三十岁就坐上仅次于家老的中老位置，有权有势。据说与首席家老矢部孙千代携手，掌管执政会议，但背后还有一种说法，老实的矢部不过受津田操纵罢了。总而言之，津田是左右藩政的实力人物。

津田把套裤也脱掉了，只穿着便服，轻松怡然。他相貌堂堂，中等身材，肌肉紧绷。虽身穿便服，也显得文质彬彬，难怪传闻藩府内宅的女子当中有人偷恋他。

“仍然是从纸屏外面说话吗？”津田嘻嘻地笑了。三左卫门苦笑，举杯一饮而尽。“不必在意嘛，兼见。主上很任性，有想起什么张口就说的坏毛病，过后又后悔。”

“可是，说不想看见我的脸，当近卫长就有点勉强了。”三左卫门放下杯，要引出津田的话头，“如果有合适的人，我打算随时告退。”

“哈哈，你以为是为了这种事叫你吗？”津田喝了酒，劝三左卫门自斟，“要是这种事，用不着把你叫到我这里来，在藩府里谈谈就行了。”

“……”

“今天要说的话跟那些事无关。不，应该说大大有关。”

“……”

“看你的脸也罢，不想看也罢，近卫长非兼见莫属。事出有因，而且终于清楚了，这才把你叫了来。”

“什么事情呢，我完全摸不着头脑。”

不理会三左卫门的满脸诧异，津田笑容满面地说：

“听说你是天心独名派高手？”

“哪里，高手算不上。”

“不必隐瞒，我经常听人说。”津田说。

十五年前有一家教授天心独名派的武馆，馆主蜂谷玄斋死后就关闭了，但当时在街镇上最是兴隆，而且深得晚年的玄斋之神髓的，是当时二十多岁的兼见三左卫门。

“那是过去的事了。”三左卫门红着脸说。

“嗯，虽然是过去的事，刀法也不会丢掉吧。”

津田的笑容消失了，揣测似的盯着三左卫门，等待回答。

“好久不动木刀，也许技不如前了。”

“听说有秘传叫鸟刺，是出手必胜的绝技嘛。”

“鸟刺……”三左卫门把举到嘴边的酒杯又放下，回视津田的小眼睛似乎多了一点点光芒，“不错，但不是本派的秘传，是我琢磨的招法，随便起了个名字。”

“原来是这么回事。怪不得听人说只有你会使这一招，而且至今谁也没见过。”

“您调查得真清楚啊。”三左卫门说。

“当然有这个必要才调查了，只是有一点不明白……”

“……”

“听说鸟刺这一招别名又叫必死剑，是什么意思？”

“只是在万不得已时使用，所以起了这么个名字。不过，我也只是练过，正因为是这种刀法，所以实际没使过。”

“呵呵。”

“想来使这个刀法的人就是我，使它的时候我已经半死了吧。”

“半死？剑客说这话可奇怪。”津田微笑，“即使半死，也一定能取胜吗？”

“当然。”三左卫门断然说。

他伸手拿酒杯，手突然被按住。津田低声说：

“听了这话我就放心了。推荐你当近卫长的是我，看来我没有看走眼。”

“……”

“现在担心有人要袭击主上。我认为有你就能防卫，兼见，为主上发挥必胜的绝技吧。”

“有需要使这一招的对手吗？”

“大概有。半吊子刀法防不了。这么说你也许能猜到了，对手是直心派高手。”

“怎么会呢！”三左卫门说。眼前浮现一个瘦躯美髯的人，那可是意想不到的，但藩里以直心派刀法闻名的只有他。

津田高高地抱起双臂，冲三左卫门轻轻点了点头。

“是的，就是带屋隼人正。”

“怎么会呢……”三左卫门又说了一遍，茫然注视津田。

四

“姑父！”

檐廊上响起里尾的叫声，三左卫门停下手里的木刀，回过头来。秋天一般澄澈的光照着院子和房屋，里尾的身影浮现在光亮中。

“请洗澡吧。”

“哦。”三左卫门把木刀收进放在石头上的皮袋，走向檐廊。

“是里尾烧了洗澡水吗？”

“是的。”

“那可麻烦你了。”三左卫门说。

平时是女佣阿花婆婆烧洗澡水，但她镇上的家里有事，回去住一晚。还有一个叫多平的四十多岁的随从，他是早来晚归。

虽然门户开放了，但三左卫门的宅邸很简素，跟闭门思过时没什么大变。当队长的时候另外还有一个随从和一个年轻的女佣。受处分后，用人就只有阿花一人，多平是决定当近卫长以后才雇的。

那件事还没听里尾回话呢——

赤身裸体浸在浴槽里，舒畅地伸开手脚，三左卫门这么想。听津田说了近卫长的职务不是摆设之后，每天都紧紧张张。在这种紧张中，他把给里尾提亲的事忘得一干二净。

里尾是亡妻的侄女，一度嫁给藩士，离婚后又回了娘家。那时里尾父母双亡，娘家已经是弟弟的了，所以她好像很觉得抬不起头来。

妻睦江患不治之症是里尾离婚大约过了半年的时候。她自己要求来护理。或许是因为自幼死了母亲，她跟姑母很亲近，经常来兼见家。

里尾用心照看姑母，自己也消瘦了。睦江死了以后，她继续留下来为三左卫门照料家事，好像一点都没有回去的意思。弟弟夫妇对此也不闻不问。

据三左卫门观察，里尾跟娘家人这样不和恐怕原因在于里尾的性格。她不爱说话，性格有点犟。三左卫门觉得这个侄女很可怜。似乎婆家也好，娘家也好，都没有她的位置，却好歹在这个家里发现了位置。因此，三左卫门也不说什么。

不过，发生了那个事件，三左卫门过起了闭门思过的日子，这时他发觉里尾已经是兼见家不可缺少的人。

三左卫门的处境变了，一等他开口，用人们就都走了，剩下的只有阿花婆婆和里尾。阿花在兼见家做了三十多年，已经六十多岁，只能干点厨房活儿，洗洗涮涮也时常偷懒。她留下不走，与其说是对三左卫门尽忠，不如说是没有地方去，就赖在兼见家的厨房里。

由于有里尾，三左卫门倒也不觉得生活有什么不方便或不安。里尾沉默寡言，甚至有时一天也不跟姑父讲点什么，但在家里却是手勤眼快，做事无可挑剔。几乎可以说三左卫门是靠里尾活过那段日子的。闭门思过的窘迫生活，要说没有异常是假话，但其中也确实有静谧的好日子。这么过了五年。

里尾二十六了——

近来三左卫门时而想到这就不免狼狈，惊慌失措的心情深处有一种惭愧：里尾和里尾家里都不吱声，自己就趁机占用了里尾的青春年华。

当了近卫长，三左卫门就马上找以前也是队长如今退官赋闲的保科十内，托他给里尾说亲。三左卫门认为，里尾家对她漠不关心，给她找一个合适的人家就是自己的责任。当然打算费用全部由自己出。

求保科时，三左卫门说当继室也可以。这么说是觉得年轻男人对离了婚已经二十六岁的女人不会感兴趣，却也不免对自己的话隐隐痛心。

容貌超出一般，善于料理家务，这样的里尾嫁不出去完全怪自己。这种愧疚使三左卫门的请托很恳切。

或许是这个原因，不久保科就送来好消息：俸禄一百石、在修建队当监工的牧藤兵卫愿意见一下。牧是队长牧与市右卫门的同族，年龄已三十，尚未结过婚。

五天前保科和牧一起来三左卫门家。三左卫门第一次见到牧，对他那副当监工晒黑的朴素相貌很有点好感。里尾当时被三左卫门叮嘱见了客，但印象如何却还不清楚。

今晚必须问问里尾的想法——

三左卫门出了浴槽去冲洗，心想。这个牧，相较最初的预料来说是意外的良缘。三左卫门很后悔这些天忙于藩府勤务，没有抓紧办事。

五

三左卫门冲洗了身体，觉得有动静，这时门拉开，卷起衣襟、用带子束起袖子的里尾进来了。

“给您擦擦背吧。”

“哦，不好意思。”三左卫门说，转过宽阔的后背，又突然说，“你给擦背非常舒服，所以就接受了，不过，只限今晚哪，以后不用了。”

“为什么？”里尾一边轻轻往三左卫门的背上撩水一边问。

“眼下的亲事若谈妥，你就该出嫁了。虽然是家里人，也不该给男人擦背。”

那是什么时候来着，三左卫门想，立刻就想起是解除闭门思过那天。

三左卫门时隔一年让烧水泡澡。闭门思过期间有时也用水擦身，现在泡在水里洗，浑身泥垢，简直像蜕了一层皮。正洗着，里尾进来给他搓后背，三左卫门没拒绝。就是从那时起，里尾时常给他擦背了。

“你觉得牧藤兵卫怎么样？”

“……”

“好像挺老实吧？我觉得这样的人信得过，不喜欢说话随便、卖弄小聪明的男人。”

“……”

“怎么样？觉得牧怎么样？”

三左卫门一边拱起背，方便里尾擦拭，一边追问，但里尾只是攥着手巾一个劲儿动着手，不回答。

“也没跟你商量，我就求了保科，说做填房也行。牧这个人，已经三十了，娶妻有点晚，但好像没什么特别的缘故。听说也提过一两次亲，谈不妥，就一拖再拖。我觉得对方不错，正好赶上了。”

“姑父今晚话可真多。”

“正经话，好好听着。”三左卫门扭头从肩上察看里尾，“你也已经二十六了，在这个家里住得太长了。贪图你照顾，是我不好。好在总算发现这么下去就错过了结婚年龄。保科回话了，看来牧对你满意，真幸运。怎么样？说说你的想法！”

“我，”里尾说，擦背的手并不停下来，“不想出嫁。”

“净说傻话！”三左卫门提高了声音，“女子若不许配嫁人，就不会幸福。”

“可是，”里尾小声说，“我嫁过了，并不幸福。”

三左卫门一时语塞，长叹了一声。没问过原因，但他认为里尾在婆家受了虐待。

里尾出嫁前也常来兼见家玩，那时放声大笑，简直有点粗野，是性格开朗的姑娘。但离婚回到娘家后不久来照看睦江时，却没有了原先的开朗，变成了一个有点固执的女人。

“虽然如此，你也不能就这么留在我家。睦江没生孩子，说好了很快把本家的末子过继来。不可能把那边取消，换成你做养女，再招个女婿。”

“……”

“而且我有个万一，你就必须走，可寄居在弟弟家不称心吧？只有嫁人哪，里尾。”

这么说是考虑到带屋隼人正说不定什么时候袭击藩主，却不知这番心思里尾能领会多少。

她果然说：“有我在是一个累赘吗？”

“真不懂事呀。”三左卫门说，“本以为你是更聪明点的女人，难道是我看错了吗？不是说什么累赘，没有你，我明天就不好过了，而是说考虑你的将来，不能就这么不管。”

“那就别管我。”里尾停下擦澡的手，悄声说。突然三左卫门感到湿漉漉的后背贴上了火热的脸颊。手巾掉了，里尾用颤抖的手指抓住三左卫门的肩头。“我愿意在姑父身边，永远。”

里尾冲了出去，浴室的门就那么敞开。三左卫门茫然抱着赤裸的双膝蹲在那里。

回到房间，钻进被褥里，在黑暗中睁着眼睛。

能那样吗？还是不能吧——

三左卫门呆呆地想。以前也时常想到在和里尾的生活中会不会失守姑父与侄女的界线，却又一直装作没觉察到自己的这种念头。

然而，今晚里尾把那种虚伪打得粉碎。她终于说出了：姑父和侄女不过是没有血缘的亲戚，斩断这个关系，就只是男人和女人。

谁都不会觉察——

被里尾的意外行为蓦然唤醒的意识诱惑着三左卫门。遍布视野，站着的只是女人里尾，其他东西都看不见了。听见一个女人从浴室出来的动静。悄悄的脚步声从廊下走过去，后面的房间啪地响了一下关上纸屏的声音。三左卫门轻轻地推开铺盖站起来。

翌晨，吃完饭，里尾要起身收拾，三左卫门制止，叫她上客厅来。三左卫门坐下就马上说：

“鹤羽村有一家熟人，我写封信，你拿着去那里。”

“……”

里尾抬起头，红扑扑的脸颊一下子苍白了。那也是美的。只一夜就变成了充满魅惑的女人，眼睛炯炯发光，小巧的嘴唇是湿润的。

“或者还是回秋野的家？”

“不回，”里尾摇头。里尾的娘家在秋野，“照您说的。”

“好。”三左卫门表情缓和了，仔细解释说：“为什么这样做你明白吧？要是这么一起住下去，两个人都得下地狱呀。暂时去鹤羽村避一下吧。”

“住到什么时候？”

“不知道。到时候我去接你。”

里尾的眼睛避开三左卫门，不掩饰失落的神情，嘀咕：“我不在了，谁来照顾姑父呢？”

六

“里尾还没回来吗？”牧藤兵卫坐下来就问。

“还没有，前两天来信，说要再过半个月回来。”

三左卫门对牧和媒人保科推脱，说住在邻藩的兼见家亲戚病了，里尾去探望，就留下照看了。

当然也以里尾无意嫁人而婉转地拒绝了与牧的婚事。虽说叔侄之间并没有血缘，却也属于不正当，有了这层关系就不会促成婚事了。

可是，牧好像没有轻易就死心的意思，说要见一次里尾，直接谈谈。而且三天两头来三左卫门家察看。当初是三左卫门自己磕头作揖求保科的，有这个短处，也就不能硬不让人家登门。左右为难，只盼着拖来拖去牧就死了心。

“这么久还不回来。”牧说，好像还不死心，看来对里尾相当中意。

“回来恐怕也没有希望呀，你想不到那姑娘有多任性。”

“不，没关系。”牧一本正经地说，“问一问本人的真实想法，并告诉她我的意思，如果还是拒绝的话，我也是武士，那时就彻底死心。”

三左卫门暗暗叹息。这个人的迂直本来是令人满意的，现在却让他穷于应对了。

也想过干脆把里尾叫回来，见牧一面，予以拒绝，但三左卫门下不了决心。要是叫回了里尾，一定又会有那种事。三左卫门害怕这一点。第二天就打发里尾去鹤羽村，也正是因为这种害怕。那一夜在朦胧昏暗中散发的气味，女体因爱抚而一个劲儿蜷曲的感觉，还活生生留着。

被那种记忆和欺骗眼前这个人的罪恶感鞭笞，三左卫门说出气短的话：

“再看看情况，过几天就回来吧。”

好像这句话使牧放心了，总算换了话题。

“传闻主上和别家之间很紧张，是真的吗？”

“咦？”三左卫门看着牧，字斟句酌，“有关系不好的谣言，但没听说多么紧张。谁这么说？”

“偶然听我本家说过。说是主上有搞掉‘别家’带屋，把五千石收回手里的想法。带屋大人察觉了，生气说，要是你右京太夫有这种想法，我就有我的打算。”

“呵呵。”

“听说带屋大人对主上直呼其名，我本家很吃惊，所以觉得可能有那种事。”

“啊，我没听说呀。”三左卫门说。

牧说的本家是队长牧与市右卫门。从人际关系来说，牧属于家老氏家内藏助方面，现在处于跟首席家老矢部、中老津田对立的立场。

好像有不少谣言——三左卫门想。

和他听津田说的话不一样。按照津田的说法，脾气暴躁的带屋隼人正多年来一直谴责藩主失政，把财政困难归因于藩主，他看出人在江户的世子和泉处处与父亲意见不合，早就联手，伺机劝藩主退位，不听就不惜行刺，除掉藩主，换和泉即位。

而且，带屋的阴谋背后还另有深谋，那就是和泉病弱，三十多岁还没有孩子，倘若被藩主的繁重工作累垮了，带屋就让自己的弟弟当藩主。津田是这样说的。

但牧的话也有可能，甚或比津田的话更容易明白：海阪藩采邑七万石，苦于财政困难，而带屋家在藩内最肥沃的赤石郡拥有五千石的领地，又无所事事，这样的家老可说是无用的长物，上代藩主也一度要毁掉带屋家。

带屋家本来是领地在赤石郡内的土豪。海阪藩主受封来这里，召见并破格许以五千石领地，委以家老，是怀柔之策，以使对新藩主的措施无不强硬反对的赤石百姓驯服。第一代海阪藩主为此甚至跟带屋家结亲，赤石郡明显平静了。

但另一方面藩主家也不忘削弱带屋家权势，使之政治上无能为力。后来保留其家老之职，但无须参政，也正是为此。而且，带屋家血脉衰微时立马就送来藩主的亲属，承袭带屋家，名为保存名家，实质也可说是藩主家要对带屋家取而代之。

尽管这么做也没有断绝带屋家，是因为带屋家的声望在赤石郡内依然相当大，安抚住那里，不仅有利于赤石郡内，而且有利于藩内的平稳。

可怪的是，从藩主家过来承继带屋世家的人大都最猛烈地批评当时的藩主，有时还谋反，好像带屋这个古老门第把他们变成这样。这种时候藩府总是淘汰带屋家的旧血，输入藩主家的新血。

藩主右京太夫的叔父也这样继承带屋家五十来年，但他的儿子隼人正现在果然又是最激烈批评藩政的人。

隼人正年轻时飘然去江户，修炼十年后回来，是直心派剑士。赤石郡石滑村的住宅被叫作公馆，他深居简出，是一个笼罩在神秘传闻中的人物。没娶妻，传说大宅院里有十个少女一般年轻的小妾，但也有相反的传言，说他四十六了还是独身，不近女色。还说他有时久久关在一个房间里，有时又不告诉任何人，进山十天二十天不下来。

中等身材，枯瘦，漆黑的胡须垂到胸口，三左卫门也只是偶然在藩府里见过这隼人正两次。

也许又到了淘汰带屋家血统的时期——

即便这次藩主不想再把人送进带屋家也不足为奇。听了牧藤兵卫的话，三左卫门这么想，但他没心思把感想告诉牧，沉静地说：

“或许有那种事，但最好不要对人散布。”

把牧打发回去后，三左卫门抱着双臂沉思了一会儿，马上就轻轻点了点头，心想，不清楚哪个话是真的，但我防范有人刺杀藩主就行了。

三左卫门站起身，走到檐廊上。要入梅了，湿漉漉的光线笼罩着院子里的树木花草，太阳被云遮掩。院子里显得杂草丛生。要是里尾在的话，就不会让这样。

杀了带屋隼人正又要闭门思过吧——

他突然这么想。因为是主子的命令，就不用切腹吧。可是，杀了别家的户主，哪怕是名义上，也肯定有幽闭之类的处分。那样的话，就可以把里尾叫回来，像以前那样与世隔绝，悄然度日。

然而，不知是否像谣传的那样，刺客是带屋隼人正。如果来人是他，可就不知交手能不能取胜了。

七

“村井！光冈！”

喊了却没人答应。三左卫门站起来，走到旁边的侍卫室前面，突然在那里立定。这时感觉到纸屏外面有异动。

三左卫门面对纸屏，轻轻后退，边退边打开刀的鞘口，甩掉肩衣。

“怎么啦，兼见，叫谁吗？”

政务室里发出藩主急不可待的声音。退到政务室纸屏边上，三左卫门低声叫主上：

“可能石滑的人来了。”

“什么？”

“可能会有厮杀，听见动静就请按商定的那样从后面的出口到外面去，那里有护卫。”

“好，知道了。”

好像藩主站了起来，几乎同时，侍卫室的纸屏拉开了一点。

那里站着带屋隼人正。而且不出所料，侍卫室里空空荡荡，大概让隼人正赶走了。

“你是天心独名派高手吗？听说姓兼见吧？”

隼人正注视了三左卫门一会儿，然后这么说。三左卫门默不作声。

“块头可不小。”

“……”

“不让我过去吗？跟右京太夫有话说。”

“不能过去！”三左卫门说。与此同时，从皮肤到头发里窜过一股寒气，三左卫门微微打战。

“有必须商谈的事情，让开！”

“不，不行！”

“要跟我交手吗？”

“不错。”

隼人正目不转睛地注视三左卫门，边注视边脱掉外褂。

“那我就要过去了。”

隼人正左手提刀走进房间当中。

“那就出手吧。”三左卫门说着拔出刀。

同时隼人正也拔出刀，丢掉刀鞘。动作极利落。那一瞬间垂在胸前的胡须飘动，跃上空中。

隼人正漫不经心地缩短两人之间的距离，刀尖对准三左卫门的眉心，猛然朝肩头砍下来，力道十足，气势骇人。三左卫门不躲不闪，格开这一刀。

一个回合之后，隼人正迅速后退，拉大了间距。三左卫门不追，刀尖平指，窥伺对方。这时才感到左肩膀疼痛。自以为利索地拨开了，但隼人正的刀如疾风，早已点到了三左卫门肩头。

“请好好考虑，带屋大人。”三左卫门说，刀式不变，“这样交手未免太不理智。”

“不，”隼人正淡淡一笑，“挡道者斩。”

隼人正一点点缩短间距。

来吧——

随着隼人正逼近，三左卫门无意识地换成以前最喜好的架势，刀身放低。隼人正看着那架势，一度要后退，却改变了想法似的，猛地砍将过来，迅如光影一闪。糟糕，三左卫门想，同时沉下身体，刀由下向上一挥。

隼人正的身体好似弹出，飞到纸屏上，轰然作响。三左卫门一刀深深砍入他侧腹。隼人正诧异地盯着三左卫门，突然掉了刀，屈膝着地，渐渐垂下头，终于向前倒下了。周围立刻漫开一大摊血。

看清了隼人正的情况，三左卫门放下刀，把手伸向右肩。隼人正那一刀既不能躲又不能接，果然被砍上了。三左卫门探摸肩头，手指一下子陷入肉里，火烧火燎的痛从那里传遍全身，眼前发黑。

按住伤口，环视周围，不由得把呻吟咽了回去。三面的纸屏都打开了，站着很多人。人们黑压压站着，不知为什么都只是默不作声地盯着三左卫门。

“负伤了。”三左卫门露出生硬的微笑，“哪位帮我一下。”

“看见啦。”这时传来津田民部那熟悉的声音。三左卫门向那边扭头，眼里只一片黑影，不知哪个是津田。

“真厉害呀，必死剑鸟刺。”

三左卫门微微一笑，踉跄地站起来。刚要说不，刚才不是鸟刺绝招，津田喊起来：

“兼见疯了，杀了隼人正大人，别让他跑了，杀！”

三左卫门反射地摆好使刀的架势。刀非常重，但砍了杀到眼前来的人。

疯了？

三左卫门把从旁边砍过来的人劈成两半丢开，一边拼命捉摸津田的话的意思。

后背感到疼痛，回身一刀，却砍了个空。原来是设计让我杀了隼人正。这么一想，他不再作声了。

是主上——

藩主绝没忘杀连子之恨。不让切腹，是为了当工具，收拾不和的带屋隼人正。这是津田民部给藩主的进言：留一条命利用才合算。

真残忍——

三左卫门露出自嘲的微笑。嘲笑这时候才醒悟的自己。

知道自己已经被乱刀砍得一塌糊涂，但三左卫门仍然反射地对挡在眼前的黑影挥刀。刀不时传来砍中肉体的感觉。眼睛几乎完全看不见了，但他感觉到藩主的视线，在房间的什么地方冷冷地看着自己的临终。要与那视线抗争似的，三左卫门横刀，把刀挥向影子一般从眼前掠过的东西。

钢铁般的男儿也终于死到临头。从侧面紧追不放砍过来的刀深深陷进肚子里，三左卫门一下子屈膝着地，再也站不起来。他拄着刀，身体倾斜，一动不动了。

"真能顽抗，总算死了吧。"

津田站在三左卫门跟前，窥视他的脸，查明死没死。他伸腰要踢开三左卫门手里握着的刀，就是这一刹那，以为已断气的三左卫门的身体跃然一动，一只手握刀柄，另一只手扶在刀背中间，像使枪一样斜着往上挑刺津田。刀尖从津田的心口深深刺进肺里。

"……"

鸟刺，三左卫门嘀咕，但谁也没听见那声音。

听见津田狂叫，几把刀聚集在三左卫门身上。巨大身躯由跪坐翻倒在榻榻米上，这回才一动不动了。

寒冬要过去了。原野还有雪，但笔直穿过原野的道路已经黑黢黢湿乎乎，辉映着阳光。

里尾站在鹤羽村边，眺望横过原野消失在山丘右边的道路。

风还寒，刚才就几次想返回寄居的百姓家，但每次都觉得好像姑父三左卫门从山丘那面出现了，所以一直迟迟疑疑地站在那里。

她怀里抱着婴儿，是刚生下来不久的男孩子，三左卫门之子。小眼大嘴，太像姑父了，里尾看着就觉得有趣，忍不住笑。

知道怀了孕是来鹤羽村三个来月的时候。此后到生孩子的这段日子对于里尾来说再幸福不过了。她住的百姓家对她很亲切，生孩子一点都不用担心。

生了以后越来越盼望三左卫门来看看孩子，就时常到村头张望。

“今天也没来啊。”

孩子哭起来，里尾终于下决心，对孩子喃喃说着，从原野掉转身。里尾相信三左卫门，他说来接的。那一天要是来了，该多么幸福啊。她想着，慢慢走在村里的路上。婴儿一直使劲儿哭。

无形剑鬼爪

从屏风岳山里的橡泽到海阪藩城下八十八里左右。

那个年轻人跑了八十八里路，进了街镇也不歇脚，气喘吁吁地跑进大监察尾形久万喜的宅院。这是五月十二日傍晚的事。

一

回到家，谁都不在。说是谁都，其实留在家里的只是女佣希惠，她好像出去买东西了。

片桐宗藏觉得有点泄气，脱了套裤，换了衣服，趿拉着木屐走下院子。院子不大，一角种了花草，有芍药、山百合、花菖蒲、瞿麦，还有好大一簇山绣球花。

花都是不知什么时候希惠种植的。她从镇东一个叫江口的村子来打工，来时十六岁，已经三年了。

她家是自耕农，每次回家都从家里带回来花草或大米、蔬菜什么的。那些花草不知不觉之间使院子有了色彩，而大米蔬菜对于俸禄仅仅三十五石的片桐家来说，更是常有补益。

芍药开过了，瞿麦还不到时候，菖蒲开了八分，绣球花开得正盛，山百合也在树荫下腼腆地垂着绿色的花蕾。

希惠连这种东西都拿来了。

宗藏想，看着山绣球花，噗地笑了起来。他想起三年前的希惠，好像从庄稼地里直接被带来的，晒得黢黑，是细胳膊细腿的少女。

她是为了学习礼仪来做工的，所以宗藏的母亲管得相当严。母亲本来就多病，去年底突然感冒，躺下再也没起来，就那么死了。但以前的管教改变了希惠，近来明显有女人味儿，举止、言谈以及打扮看来都学会了。

但到底是野生野长，背一簇山绣球花在街上走也满不在乎，跟常来常往的菜贩子砍价时声音大得毫不顾忌四邻，言语就露出村姑本色，宗藏在院落深处听着都捏了一把汗。

希惠性情开朗，从来不得病，人前人后都一样做活，真是难得的用人。

母亲死的时候宗藏也考虑过，虽说是主婢，但家中毕竟就两个年轻男女了，这算怎么回事呢。有碍体面。

可希惠家什么都不来说，她本人看样子也不在意这种事。宗藏就顺其自然。让希惠走，最终还是得雇个女人来，反倒更麻烦。

都这么晚了……

宗藏想，从菖蒲花中站起身，冷不防有男人的声音打招呼。

“老邻居，老邻居！”

宗藏回过头，邻居守谷甚兵卫大大咧咧地从树篱间望着这边。不单是望，脸上还挂着怪怪的干笑。

守谷同样在旗幡队供职，四十岁，一身肥肉。今天他不当班。

“什么事？”

宗藏走上前，守谷还招手，压低声音说：

“女佣不在吧？”

“……”

“不会马上回来呀。”

宗藏默默盯着守谷的脸。那脸上依然漂着一层诡谲的笑。宗藏想抓住他笑的意思，却什么也猜不出来。

“怎么回事？”

“过了晌午，来了个男人，不一会儿就一起出去了。是年轻的。”

“啊，这么回事。”

宗藏茫然注视守谷，心想，他为什么知道这种事呢。但马上就涌起了不快：他是在偷看。此人好像有休班的日子到处去偷看别人家的嗜好。以前也不知被他看见了什么，偷听到什么。

守谷是旗幡队的老人儿，家也相邻，但不大来往。

他游手好闲是出了名的。直到近年跟旗幡总管堀直弥粘在一起吃喝玩乐，不仅队里知道，藩府也知道。

过了四十岁时得了一场大病，长期休假后，好像玩女人的精神也没了。传闻他过去放荡，如今被老婆骑到了脖子上。性格各异，宗藏平时对这位邻居敬而远之。

“因为近来明显性感啦。”守谷嘻嘻一笑。这次干脆是淫荡的笑。当然是在说希惠。“别被坏小子缠上，最好提防点。”

这时守谷家里尖细的女声喊守谷。他做出厌烦的表情，冒出一句市井粗话——我家那只母老虎。

“我一站在这儿，她就以为对你家女佣有心思，在偷看，那么样大嚷大叫。”

那当然了，宗藏想。守谷的话证明他经常偷看宗藏家。心中不快，宗藏冷淡地说：

“谢谢忠告，不过，你的担心恐怕是多余的。”

“好像太信任了吧。”

老婆又喊守谷。他哼哼唧唧答应着，离开了树篱，但马上又转身回来悄悄说：

“或者你已经过手了吧？”

他净想卑鄙至极的事情，也说得出口。他就是想说这句话，突然发出笑声，转过身去。那笑声中摇荡着猥亵的想象。

下流！

宗藏看着守谷那被酒浸红的粗短脖颈。也许希惠跟男人一起出门是真的，但那是希惠家的人也说不定，或许是亲戚上街，随便来看看。希惠回来就知道了，宗藏想。

不久希惠回来了。她跑进门来，胸前抱着青菜和满满一口袋的东西。

“对不起，老爷。”希惠马上盯着宗藏，扯开嗓子朗朗说，“买东西耽误了，这就预备饭。”

“快点吧，肚子饿了。”

宗藏说，放下心来。由于守谷搬弄口舌，宗藏甚至已经开始胡思乱想：希惠跟男人去了哪里再不回来了。

大概是梅雨间歇，这三天一直没下雨。今天一整天太阳也照耀绿叶如盖的城镇，那太阳落下去，空中展现了一片艳丽的晚霞。

看着起居间纸屏上的灯影，宗藏离开花丛，往屋里走。如往常一成不变的夜降临，守谷带来的不快心情消失殆尽。

二

希惠侍候着吃饭，宗藏不时看她的脸。以为吃饭时她会说今天来的男人的事，但她什么也没说。

问今天谁来了也未免奇怪，那就成了支持守谷偷窥。好像偷偷监视女佣做的事，那可不像话。若非问心有愧，希惠就应该说。宗藏觉得希惠不可能有亏心事。在一个屋檐下住了三年，这一点还是清楚的。

希惠被宗藏盯视，只是报以嫣然一笑，没有要提及不速之客的意思。

希惠端正跪坐，膝盖处鼓起来。那里一定充盈着夺目的嫩肉。一反常态，突然对这种事上心，肯定是刚才守谷的话和不知真面目的男客的事在头脑中作怪。

“希惠都十九了吧？”用过饭，宗藏一边要茶一边问，“该嫁人啦，家里没说什么吗？”

“没。”希惠摇头，而且脸一下子红了，低下去。要说出男人的事情了吧，宗藏竖起耳朵，但错了。“老爷娶来太太之前我一直留在这儿。”

“我要是总也不娶呢，怎么办？”

“那时……”希惠扬起脸，脸色恢复了正常，露出笑容。她用一只手掩着嘴，笑出声来。“那时再说。”

她故意一本正经地说，又轻轻发出笑声。这时，门口好像有人来了。

希惠站起来去看，马上返回来。她那下颚宽宽、还多少留有少女模样的脸上露出惊愕的表情。

“是尾形大人派来的。”

宗藏倏地站起身。走出房间时，听见希惠在背后自言自语似的说这时候有什么事呢。

跟来人一起来到鹰匠坊的尾形宅邸之前，希惠流露的这个疑问也一直在宗藏的头脑里打旋。被带进后面的客厅，疑问更一下子膨胀。那个房间里除了大监察尾形，还有本月当值的家老森户奥之助和宗藏的上司堀直弥。

“这么晚叫你来不好意思，出了紧急的事情。”

尾形说。他身材魁伟，像岩石一般壮健。脸大眼也大，那双眼睛死死地盯住宗藏，但说话意外的温和。

宗藏以目行礼，疑问却越来越强烈。被职司监察的大监察叫来，这种事一点也想不到，而且统率武士、执掌藩政的家老，还有上司也在这儿，为什么呢？

“狭间弥市郎越狱了。”尾形冷不丁说。

宗藏吃惊地抬起眼睛。那种惊讶就像是在路上突然被久无音讯的故人笑着招呼。

“什么时候呢？”

“今早。”

“……”

“越了狱，但并没有逃走。报信的人这么说。”

“疯了吗？”

“可能吧，但也可能没疯。”尾形说。

狭间弥市郎本来是行为诡异之人，三年前从藩里去江户执勤，在藩邸砍了近侍长市村彦右卫门。市村负了重伤，幸而保住了性命，狭间被押回藩里幽禁。

地点在镇南险峰连绵的屏风岳深处一个叫橡泽的僻村。那里只有几栋人住的房屋，深处的绝壁似刀削斧劈，阻挡人迹踏入，背后连着纵贯奥羽的山岳。

橡泽有藩府废弃的看山小屋。改造小屋，里面隔成了森严的囚室，关押狭间。派了一个年轻人看守，并照料饮食、衣物。

尾形说，年轻人叫嘉吉，好像不知不觉之间被狭间收服了。

狭间使他麻痹大意，今晨突然破狱。

“嘉吉带着狭间的口信下山来。狭间说，蹲了三年牢，腻烦了，想痛痛快快地战死，让藩里派杀手来。”尾形忽而颤肩笑了笑，“目中无人的家伙。至于杀手，狭间说，把片桐宗藏派来。”

“……”

“狭间跟你有什么过节吗？”

宗藏觉得脸上一下子冰凉，心想，看来狭间还没忘了那件事，终于来挑战了。但此事不可对人言。

宗藏平静地回视尾形那射进对方心底的目光，断然说：

“没什么，我想他那么说是出于同门之谊。”

“噢。”尾形一直盯着宗藏，略微点点头，“当然，藩里并不要听狭间说什么。竟然逃出了幽闭的牢笼，前所未闻，罪大恶极。我打算当即派遣二十来个杀手和捕吏去橡泽，但是跟本月当值的家老商量，他的意见有点不一样。”

“……”

“说是交给片桐吧。想在此做出决定，所以把堀大人也请来了。”

“这样好，派没用的人去白白受伤，狭间可不是寻常之辈。”家老森户朝宗藏微笑，“尾形很精通缉捕，但是对刀法一无所知。他眼里只区别一个人对藩里有罪还是没罪。”

“不至于嘛，狭间是高手我也知道。”

“可你肯定不知道，狭间是无外派，一度被称作藩中第一高手，唯独片桐宗藏能破他。”

“嚯！”

被家老这么一说，尾形重新审视宗藏。宗藏不胖不瘦，不高不矮，相貌也没有显眼之处，一极其普通的年轻人。尾形眼里流露出意外的神色。

“我看过那场片桐打败狭间的比武，那都三年了吧？”森户说。

“不，是四年前。”宗藏回答。

那年，藩主右京太夫从江户回到藩里，以检查暑期练习成果为名，在外郭的励武馆观看家臣比试刀法。这种事多少年或许有一次，所以二十多个平常在镇上的武馆练功之徒聚来竞技。

过关斩将，最后决胜的是无外派小野武馆的狭间和宗藏，同门相争。正如森户所言，那场比武宗藏取胜。

狭间之所以对师傅和我极为不满，而且变成了私怨，可能就因为那次比武……宗藏又在想。

在藩主眼前进行了那场比武之后，狭间不顾师傅小野治兵卫和宗藏劝阻，转到别的武馆去了。翌年春天去江户执勤，到那里不久就出了事。

“比武很精彩，狭间出手不凡，但只差一点点，片桐赢了。不过，那一点点可很难赶上，可以让片桐去。”

“那就这么办吧？”尾形听了家老的话，看样子信服了，来回看了看家老和堀，“那就把处治狭间完全交给片桐吧，堀大人也不反对喽？”

“我这边无所谓。”堀说，口气有几分傲慢。

堀担任的旗幡总管是闲职，但这是因为他本人无能，他家代代是位居中老之下的带兵头领，俸禄比大监察尾形高。堀现今也成天游荡，好像他自己认为是出于被藩政排除在外的不满，但实际上那样出入青楼混日子合他脾气。

我不得志，是堀的口头禅。在藩府里这样说，在茶楼妓馆也这样说。而且一有什么事，就依仗门第对藩政说三道四。除了少数人围着他转，身居藩政要职的人讨厌他，旗幡队里也讨厌他。

尾形把堀叫来，是因为要委派宗藏当杀手，而宗藏是堀的属下，提防堀以后找碴儿。大监察的这番用心似乎满足了堀的自尊心。

“片桐，好好干。”

堀又对宗藏说。还不到四十岁，脸却像被长年的放荡给鞣成了铅灰色，眼睛下面发黑。宗藏抬眼看了看那张浪荡公子似的脸，又默默低下头。

“明早出发可以吧。狭间不会逃，所以今晚好好休息。”尾形说，“以防万一，今晚派十来个捕役赶到椽泽下面的熊井村。不妨碍你，但需要的时候可以使用这些人。全交给你了。”

三

离开大监察宅邸，宗藏仰望天空。看不见一颗星，天空幽暗。傍晚是晴的，不知什么时候好像变阴了。大概在椽泽的狭间也正望着这天空吧，这个想法掠过宗藏的脑际。

狭间误会了。

宗藏走着，在黑暗中轻轻叹了一口气。

宗藏出徒时，又另外被馆主小野治兵卫传授了一招绝技。那刀法叫鬼爪，门内单传，小野也是跟师傅学的。小野武馆除了宗藏，还有狭间等数名高徒，但小野把绝技传给了宗藏。

这就造成了狭间误会的根由。那时在小野武馆，狭间的刀法是无出其右的，代师授徒，但宗藏出徒以后武功突飞猛进，屡屡痛击狭间。

宗藏的水平日新月异，狭间认为是师傅传授了绝技鬼爪的缘故。这大概深深刺伤了他的自尊心。狭间属于近侍队，俸禄一百二十石，进武馆比宗藏早五年。他使出的无外派刀法一度在藩内无敌。

狭间认为承受秘传的应该是自己，把渐渐胜不过宗藏的焦躁归结于此恐怕也并非无理。事实上他用露骨的语言向师傅和宗藏表示过不满。由于不满，狭间终于离开了武馆。

然而，事实与狭间的想象不一样。绝技跟无外派的本门功夫无关，是室内搏斗的短刀术。这种不知什么时候才有用的绝技为何偷偷传承，师傅也不明白。

“把此事对狭间挑明怎么样？”

当明白了狭间对没有把绝招传给自己而是传给了宗藏一事不满时，宗藏曾对师傅这样说。但师傅苦笑，只是说鬼爪秘传书上有一条“绝技不外言”。

狭间还一直抱着以前的误会——

宗藏想，指名叫我当杀手就是个证据。他蓦地想起“刀鬼”这个词。报复心真强啊。宗藏身体微微颤抖，加快了脚步。

一到家，希惠出来，神色慌张地小声说：

“有客人。”

“是谁？”

“女的，没说姓名。”

“不说姓名？”宗藏看着希惠的脸，“那么她在屋里吗？”

“在，说要等您回来。”

宗藏歪着头进了屋。从外面回来时的习惯，先到厨房漱口。心想是谁呢，却猜不出来。

走进客厅，一个女人静静地抬起脸看他。容貌秀美，宗藏不由得倒吸了一口气。

“对不起，硬要进屋来恭候。”女人等宗藏坐下，文雅地伏身行礼，声音很悦耳，“我是狭间的内人。”

宗藏点点头，说请随便坐。女人自称是狭间的内人，对此他不太惊讶。看她像是个有夫之妇时，宗藏马上就有了这种直觉，但如此美貌却教他心慌。

这时希惠端上茶，给女人换了茶，又在宗藏面前摆上茶。直到希惠出去，狭间妻闭口不言。

“听说狭间越狱了。”狭间妻以平静的表情说。

乌黑发亮的眼睛，形状端庄的鼻子，小而略厚的嘴唇，面颊滑润，淡淡泛起血色。作为狭间的妻子，应该正处于不幸之中，但那种不幸至少一点也没显露在外表，唯有优雅秀美。

突然她微微耸肩，莞尔一笑：

“真拿他没办法，我一直担心会这样。”

“太遗憾了。”

“听说选了您当杀手。”

“不，是您丈夫这么要求的。”

“不予以拒绝，那不就一样吗？”狭间妻这样说，蓦地看一眼宗藏的脸，“是正式决定吧？”

“对。”

“什么时候出发？”

“明早。”

“早上？”她低下头，嘀咕了一句这么快，但抬起脸时又微笑了。就那么微笑着说：“不能放走狭间吗？”

“放走？”

“是的。”

“……”

“就说去了橡泽，但狭间已经不在了。”

“那不可能。”宗藏移开视线说，“不能欺违藩命，况且是你丈夫希望跟我决斗。恐怕我去之前，不管过多少天都不会逃的。”

“如果您劝说他，那就不同了。现在他一定很后悔越狱，他就是那种人。”

“……”

“救救他吧，您跟狭间不是同门吗？我不想让他死。”

“夫人，”宗藏拭了拭额头渗出的汗水，“你的心情我完全理解，但不要提无理要求。藩命不可违。”

“把我的身体给您也可以呀。”狭间妻的声音突然低得像自语，听来很娇媚，“您想要的话，就在这儿。”

二人直盯盯对视。女人的笑容消失了，脸色苍白起来，那也非常美。傲然挺起的胸脯、凹凸有致的躯干、线条舒展的腰部都压迫着宗藏。仿佛那衣服底下隐藏着充满欢乐的肉体，让人觉得岂但违抗藩命，就是丢了性命也在所不惜。眼前活生生的景象使宗藏痛苦。

看见女人的手静静地摸到细绦绳，这时宗藏总算恢复了自我，但也并非完全恢复，他的心还被眼前美丽的有夫之妇紧紧束缚，一片慌乱。

“请住手！”宗藏用哽在嗓子里的声音说。女人还是心神不定地盯着宗藏，动着手。细绦绳像活物一样“哧溜”脱离了腰身。

“夫人，你想错了，我是被狭间挑战。”这么说的时候宗藏突然清醒了，“对了，倒下的或许不是你丈夫，是我也说不定。总之，不可能两人都幸免。”

女人的手停下了。她像针刺一样盯了一下宗藏，慌忙重新缠好要解开的腰带，系上细绦绳。宗藏被痛苦的心情折磨，默默看着她。当明白女人死了心时，情欲反而强烈得难以忍受，袭击着年轻的躯体。

狭间的妻子站起身，要走出客厅时突然回顾宗藏。

“我还不死心哟。”

“……”

“这就去找堀大人。”

“不要找！”宗藏不由得发出厉声。

仿佛从最不想让说的人的嘴里听到了最不想听的名字。这个人为何提什么堀的名字。

“那位大人能帮上什么？什么也帮不了！”

“是您的上司吧？我求他来说服您。”

“不要干傻事……”

宗藏要站起来时，女人回身走出了客厅。

想法真蠢！

宗藏抱起胳膊，想着走上暗夜街头的女人。她去见堀总管，堀听了请求，并不会命令宗藏放走狭间或者不去当杀手。根本不对路。

看来狭间的妻子做不出这点判断了。要是能判断，就不会在我面前解腰带吧。宗藏想。一心不想让丈夫死，她心态狂乱了。

希惠进来，收拾茶碗。

“客人是什么人啊？”希惠问。好像对夜间造访的女客异乎寻常的关心。

“是一个叫狭间的人的妻子。那个人越狱了，我明早必须去橡泽，给我准备饭团。”

“是。”

“她求我放过她男人。说我若答应，跟我睡觉也行。”

“哎呀。”

希惠一瞬间呆看宗藏，又说了一声哎呀，把托盘放下，用手捂起脸。

捂脸的白嫩手指，跪坐的滚圆膝头，拨旺了郁闷在宗藏体内的欲火。他感到，发生了异常状况之后，心失去了日常的平衡。

“希惠，过来！”宗藏用嘶哑的声音招呼。

与山绣球花一般盛开怒放的狭间之妻相比，希惠还不过是嫩绿的百合花蕾，但毕竟是花。

希惠拿开手看了看宗藏，看懂了他的表情，又捂住脸，像小孩子一样摇头。宗藏凑过去，扒开希惠的衣襟。

四

下午三时，宗藏来到熊井村。先到的姓首藤的监察迎接他。路上下了雨，宗藏向路边的农家借了蓑笠穿戴，到熊井村时雨基本停了。

熊井村沿着谷川，有二十来户人家，虽然不至于像橡泽那样，但毕竟是狭隘的地方，山从左右挤压过来。山巅一早就雨云低徊。

“休息一下就上去吗？”首藤领宗藏去一家为他预备的农家，问道。

“不，睡一觉儿，四点来钟出发。”

“我们怎么办？抽出四五个人跟你一起去吗？”

“不，我自己就行了。”宗藏说。要是能从他的刀下漏过，哪怕再有四五个人助阵也压不住。

进了农家，宗藏要了一碗白开水喝了，解开包裹，取出希惠给带的衣服，换下汗湿的内衣。然后在燃着木柴的地炉旁躺下，闭上眼睛。

眼里出现希惠的面容。昨夜二人合欢了之后，宗藏对希惠说：万一运气不佳送了命，替我料理后事。希惠抱着宗藏，一动不动地听着。宗藏说完，她默默流下眼泪。宗藏想起了赤裸的胸膛被濡湿的感觉，但这只是一瞬间。燃烧的炉火暖透了五脏六腑，他马上就睡着了。

醒来后看了看照在烟熏火燎的纸屏上的光亮，宗藏吃了一个饭团。身体暖和而轻快。进山到熊井村，裹在雾一般的细雨里走了二十多里山路，汗流浃背的身体都冻僵了。

披蓑戴笠出了农家，正好碰上首藤来迎。他和另一个监察，还有十名手下把宗藏送到村头。

“祝你取胜。”首藤说，接着又说了一句：“我们等到什么时候好呢？”

“天黑之前完事，我下来估计要七点前后。要是九点还没回来……”宗藏微微一笑，“那时就派人回去叫更多的人来。”

“明白了，按你说的办。”首藤严肃地答应。

道路一点点上坡了，但没有离开溪谷。首藤等人的身影不久就遮没在杉林背后。宗藏慢慢往上走，脚不停步。离橡泽将近八里，不急走五点多也就到了。

屏风岳的绝壁仿佛要倒下来，堵在前方，道路为之昏暗。宗藏沿着游丝似的峡谷道路走。右边的山壁渐渐远离，终于有手掌大小的缓坡映入视野。远远能看出坡上是经过耕耘的，直到耸立其上的绝壁下。倾斜的山田像雪崩一样摊泻在覆盖溪边的杉树和落叶松的树林后面。橡泽村一定就在那林后。

宗藏取下斗笠，趴在岸边喝了一点水，然后站起来眺望天空。被远处的山脊和绝壁围绕的狭小天空上梅雨云缓缓移动，好多地方露出蓝天。

这种地方居然也住人！

宗藏缓步朝树林走，心想。想到狭间弥市郎度过的苛酷光阴，觉得多少理解了他破牢拼命的心情。罪人得到特赦而返回镇上的例子不能说一个没有，但基本都是在幽闭的地方结束一生。惩处之后，藩府大都把囚人忘到了脑后。

果然，穿过树林，有几户人家。房屋紧紧抓住斜坡，唯恐滑落溪谷似的。宗藏用眼睛搜寻看山小屋。离开水边的住家，斜坡往上不远的地方有一座建筑，背后是几株杉树和低矮的杂木。

宗藏把蓑笠寄放在一户人家，问道：

“看山小屋是那个吗？”

“是。”脸色黝黑的四十来岁的女人用浓重的地方口音回答，充满好奇的眼睛死死盯住宗藏。大概从村外来人很少见。

“有村长或管事的人吗？”

“这里没那种人。”

“那就你，告诉大家暂时谁也不要出屋。”

“要出什么事吗，老爷？”

女人把好奇的眼睛瞪得更大了。关押的囚人由藩里送来食物衣服之类，看管的年轻人负责一切，村里与牢狱的人没有任何直接来往。女人好像没发觉看山小屋从昨天发生的变化。

“一会儿要动刀。”

听宗藏这么说，女人表情变僵了，说去告诉大家。

出了女人的家，朝看山小屋踏出一步，这时宗藏感到心被极度紧张抓住了。腿打战，心猛跳，但继续迈步，紧张逐渐消失，颤抖止住了。

从村里到看山小屋有一条笔直向上的路，但宗藏不走这条路，马上钻进右边的草丛，斜着爬坡。草丛积存的水滴打湿了脚下和裤子，大概从这里登上去就是小屋的侧面。他觉得到达小屋之前被狭间发现很不利。蹑手蹑脚，弯腰弓背，钻过草丛，踏进上面的田地。

宗藏出现在小屋前面时，狭间正盘腿坐在檐廊上嚼着青桃子。看见宗藏，他把桃子摔在地上，抓起放在旁边的刀，倏地站起来。

“我在等你哪。”狭间粗声粗气地说，“片桐一个人吗？”

“是的，我一个。”

宗藏一边回答，一边警惕地注视狭间。狭间个子高，肩膀的肉比以前少了，脸颊也消瘦，但看来身体并没有衰弱。没穿套裤，肩上披散着头发，稀疏的胡须覆盖下巴，模样好像反倒比四年前更精悍。

宗藏面无表情地问：

“身体好吗？”

“好，就这样。”狭间回答，又有点絮叨地问，“一个人吗？再没来人吗？”

“当然是一个人。”

宗藏回答，狭间突然笑起来。

“中计啦，片桐！”狭间很得意地大叫。他瞪着眼睛，竟滔滔不绝起来：“你以为我只是在牢里睡了三年大觉吗，嗯？没那个事，我一直在琢磨破你的鬼爪的功夫，一天都没闲过。”

“……”

痴心妄想真可怜，宗藏想。鬼爪不过是区区短刀之技。狭间大概在牢里挖空心思，想象出什么样的幻影，苦练精进。

干脆挑明了吧！

宗藏有这种冲动，但还是忍住了。鬼爪是单传的隐秘刀法，任何场合也不能向人泄露。

“胜算在握，所以叫你来。你以为我还是从前的我，于是就来了，必败无疑。试试吧，来！”

狭间突然跳下檐廊，拔刀跑到小屋旁边的一片草地上。

刀鬼！

狭间越狱竟然是为了跟我比试。宗藏用力把寒战憋回肚子里，也拔出刀，踏进草地。那里是不击毙对手就出不来的死地。

狭间把刀高高举过头顶，宗藏的刀尖指向他眉心。宗藏摆好架式，狭间就一点点逼过来。宗藏略微后退。二人都不动了。狭间又动起来，向旁边移步。宗藏也要移步时，狭间的身体像鸟雀振翅一样跃起，刀锋呼啸，劈将下来。宗藏躲闪，但左腕被浅浅划了一下。

不妙！

宗藏稳住架式。受伤的原因从刚才那一击就明白了。狭间改换了一贯的招式，刀是从右侧斜劈，以致躲闪不到位。

宗藏进攻。他擅于接招，但狭间的刀变招，接招就不利，无法察觉刀尖向右还是向左。这就是狭间在牢狱中琢磨出来的功夫。

狭间接招，一度失误，被宗藏的刀砍着了肩头，但他脸色不变。鹰一般的眼睛窥视宗藏。伺机从头上劈下疾风似的一击，宗藏又被击中上臂。鲜血滴落。

你来我往已好长时间。下起雨来。雨使四周一下子昏暗。

狭间迅速地拉开间隔，宗藏不上前。他感到对方急于了结。

脚！

宗藏一闪念。狭间依然举刀过顶，又一点点缩短间距。宗藏不动。雨水作响。被雨水击打，宗藏看着狭间的脚尖。

凶狠的一刀砍过来。在那瞬间之前，宗藏跟着狭间略微向旁边踏出的脚尖方向转身，几乎同时挥刀，砍进狭间的躯干。狭间没躲闪开。

狭间的刀劈开地面，身体从上面翻了个跟斗，跌落在前面。

五

一个女人站在壕沟旁。那时宗藏也发现了，她是狭间的妻子。

无法躲避。这里是寺坊的僻静道路，左右两侧延展着长长的土墙。无奈，宗藏只好走下去。女人注视着宗藏走近，目不转睛。

“其实我心里也难受。”宗藏在她面前站住，道歉似的低声说。

女人低下眼睛，脸上没有血色。红色不谐调地浮在唇上。依然很美丽，但是像枯萎的花失去了生气。

宗藏心里简直像充满了恋情。如果不是这种地方，他想搂住她肩头安慰她。可是，把她弄成这样的就是我。我给了她悲伤。

“恨我吗？”

“不。”女人抬起眼睛。只有眼睛是活的，乌黑清澈。女人微笑了。令人心痛的微笑。“因为没法子。我的请求是无理的。”

“……”

宗藏觉得肝胆欲裂。

“现在明白了，那晚我犯傻了。”

“我什么也没能为你做。”

“请别在意，您只是理所当然地完成任务。”

女人安慰似的说，然后闭上嘴，好像再也没话了。宗藏说，那我就走了。还想在女人身边多待，但他也明白，不可以动这种心思。

“那个……”狭间妻迟疑地对已经转过身去的宗藏说。宗藏回头，她把身体凑过来小声说：“堀大人跟您什么都没说吧？”

“总管吗？”宗藏注视女人，但立刻就明白了她为什么这样问。“那晚你还是去了总管那里吗？”

“……”

“那总管说了什么？”

那双眼睛失去了光芒，好像在看着别处。

是的，果然是的！

狭间的妻子那晚找堀，向堀求救。大概愚蠢地恳求，让他吩咐我放走狭间，想必堀就答应了，条件是女人的身体。

飞来艳福，那家伙一定干了那种事。不，那家伙会满不在乎地那么干。简直是自己活活把身体投到饿狼面前。

“干了那种蠢事……”

宗藏咬牙切齿。涌上心头的是愤怒，但是与忌妒难以区分。

他不由得抓住女人的肩头。

“所以我叫你不要去。我知道会那样。他不是求了就管用的人。我什么也没听他说！”

女人慢慢把眼睛从宗藏身上挪开，终于挤出了一句“我走了”。垂头拱肩，好像一下子老了十年。宗藏茫然目送她远去。

三天后宗藏听说狭间的妻子自裁了。人们传说：狭间一死，她失去了活下去的力量。

六

确认了房间里没有其他动静以后，宗藏进了相邻的堀的勤务室。

堀百无聊赖，桌案上摊开着绣像小说，看见宗藏，慌忙藏到桌案底下。

“什么事？”堀问。

“私事，想打听一点事。”

“什么都行，说吧，我这正闷得慌。”

宗藏屈膝趋前，跪坐在堀面前。

“其实，前些天狭间的妻子来我家了，说了些莫名其妙的事。”

“狭间的老婆？啊，那个女人……”堀本来懒洋洋地支着双手往后仰着，忽地坐直了，往前探出身子，“那可是个大美人，她说什么了？”

“我去橡泽的前晚，她去求了您。我问她结果怎么样，她说交涉可够难的。”

“求我？”堀用揣度的锐利目光看着宗藏，“那女人说求了我什么？”

“说求您命令我放走狭间，您打了包票……”

“哈，哈，没有没有。”堀笑起来，“傻女人，还当真了吗？”

“……”

“她夜里来了，说有秘事相求。美人有求不是坏事嘛。既然要保密，我就带她去了茶楼，就是附近的菊水。听了她的请求，就是你刚才说的，不用说，我拒绝了。”

“您拒绝啦？”

“是呀，断然拒绝。可是，对方使出了美人计。我终于嗯了一声。男人扛不住美人计，一点儿都扛不住。”

“……”

“不过，狭间老婆那晚昏了头吧。一觉醒来，就是小孩子也明白她的请求是办不到的。这么想，还会提那种事吗？”堀的脸上突然展开淫笑，“不要理她。那晚干了那种事，女人高兴坏啦。她要是找事，你就这么对她说。”

听到这里就足够了。恐怕是知道自己的愚蠢让堀玩弄了贞操，这就夺去了狭间妻最后的活力。宗藏心里充满对她的怜悯。静静用双膝后退，直视着堀说：

“不必担心，狭间的妻子昨天自裁了。”

“死了？”堀露出吃惊的表情，但随即大声说：“那太可惜了，多好的身子啊，那可是尤物。”

宗藏对堀直弥明确产生了杀意就是这时候。

翌日，宗藏在风神殿旁边的走廊上等着堀出来。在藩城中，这里最僻静。

堀出现在走廊尽头时，宗藏也从这边起步。宗藏弯腰鞠躬，二人擦肩而过。堀停步，好像要看看擦肩而过的宗藏。

堀略微扭着脖子，突然屈膝前倒。

他倒下时，宗藏穿过一个空房间，从另一条走廊走向旗幡队的勤务室。匕首刺了堀的胸，擦肩而过之际已收入怀中的鞘里。刃上滴血不留，就是无形剑绝招。

当天稍晚，到了普通家臣收工的时刻，堀的尸体终于被发现。大监察手下的人进行调查，看着堀的伤唯有百思不解而已。

伤口只一处，量好了似的，笔直地贯穿心脏，连什么东西伤的也弄不清。那不是人，竟像是什么怪物给伤的。

当晚，宗藏吃过饭，让希惠拿来茶碗，一起喝茶。

“我想来想去，看来最好是娶你。”宗藏说。

这么说时，宗藏感到自己从狭间妻的咒魇中解放出来了。被那个美丽的有夫之妇纠缠的事情全都结束，又恢复了和希惠两个人的日常。

“你都知道，这个家身份低，用不着讲究，但要是先托谁收你当养女，这样或许婚礼容易办。可以吗？”

“老爷，”垂着头的希惠突然抬起脸，眼看要哭出来，“父母把我许人了。”

“什么！”宗藏张口结舌看着希惠的脸，想起匆忙发生那种事的夜晚。那时希惠只一度激烈反抗，后来就始终柔顺地委身于宗藏。“为什么那时候不说，可以拒绝我的。”

“嗯，”希惠把手放在膝盖上，低着头，扑簌簌落泪，“可我喜欢老爷。”

宗藏默默盯着希惠。蓦地想起母亲的家教，说：

“希惠，这种时候女子不是说喜欢，是说仰慕。”

“是。”

“不过，难办了。”

宗藏抱起胳膊。惊愕过去，心中就自然而然地做出决定。他认为不能把希惠嫁给连面也没见过的男人。

“好，就交给我吧。”

宗藏伸手握住希惠的手，希惠也畏畏缩缩地反握。宗藏微笑，用有点粗野的口气说：

“到时候就坦白：我们已结为夫妇了。”

希惠也要笑，但还没笑出来，表情变成了惴惴不安。她用蚊子嗡嗡一般的声音说“那就要挨父母骂”。宗藏觉得她的脸那么可爱。

雌剑细波

一

“总之，当初就搞砸了。”浅见俊之助说，“姐姐叫千鹤，那可是公认的美人呀，嫁给了骑卫队的马渊才藏，年轻人都忌妒死了。听说是千鹤的妹妹，我立马答应了，这就是错误的根源。”

他说的是妻子邦江。引出这些话的是阿纹。她跟俊之助有了肉体关系之后，非常想知道邦江的事。

“您好好确认一下就好了。”阿纹说。

“确认？武家不干那种事。”

“武士大人不自由呀，所以我讨厌。”阿纹说着，狠狠把三味线推到后面，扬起雪白的下巴，举杯一饮而尽。就那么拿着空杯，膝行蹭到俊之助身边。与脂粉的香味不同的肌肤的香味使俊之助鼻腔发痒。“可我喜欢俊之助大人，为什么？”

“你醉啦。”俊之助搂着阿纹的肩头，压低声音说，“老实点儿，工作还没完哪。”

“知道呀。赶紧就把话岔开了，大少爷。”

“别叫大少爷，听了怪怪的，受不了。”俊之助说。

俊之助小时候家里有一个叫彦总的老仆，那就是阿纹的祖父。

彦总不到二十岁就在浅见家当仆人，在俊之助开始懂事的时候已经是弯腰曲背的白发老人。只能种种宅院里的一小块田地，或者拔拔草，但俊之助上学以后就成了陪伴，在校门口一动不动地蹲半日。

彦总的儿子，就是阿纹的父亲，在曲师坊做木工，所以从学校回来彦总时常带俊之助顺路去那里。跟阿纹就这么认识了。阿纹小五岁，正是好伙伴。

但俊之助行冠礼的前两年，彦总病故，浅见家与彦总一家的关系就断了。这么过了近十年，今年春天因某事俊之助开始频繁出入此刻二人所在的茶楼时，意外地遇到艺伎打扮的阿纹。

父亲留下一笔债死了之后，阿纹用驹代的名字从染川坊的艺伎屋来这里出场。

俊之助当然无从知道这些事，没发觉涂了满脸白粉的艺伎是阿纹，但阿纹记得俊之助。

阿纹是艺伎，经常出入这个叫松叶屋的茶楼，从俊之助现在奉上峰之命从事的工作来说，这地方再方便不过了。俊之助频频来松叶屋，和阿纹更加亲密了，而且已经有半年左右。

“可男人不明白呀。”把沉重的发髻靠在俊之助肩上的阿纹突然直起上身，说，“在外面说夫人的坏话，回到家里就当宝贝了。”

“别说废话。”俊之助的语气有点不高兴，“关于我老婆的话到此为止。”

“对不起。”阿纹说，轻轻握住俊之助的手，包在自己的手掌里，“别生气，因为喜欢大少爷，才在意夫人呀。人家从小就喜欢大少爷嘛。”

阿纹正说着，突然屋外的走廊上响起杂乱的脚步声，好像很多人进了隔壁房间，那是个大房间，有十二张单铺大小。

俊之助对阿纹使了眼色，阿纹马上把身体投入他怀抱。俊之助抱着，伏下脸吮吸雪白的脖颈。阿纹抽动了一下身体，穿白布袜的脚使劲儿蹬直，发出喘息。

与旁边的房间相隔的纸屏拉开了，俊之助装作没察觉。胳膊用力紧紧抱住阿纹，感觉到蛮横无礼的视线一直注视着这种痴态，终于咣的一声关上纸屏。

俊之助抬起脸，阿纹也睁开眼睛看着他。阿纹满脸通红，还紧搂着俊之助。

“行啦。”

俊之助说，放下阿纹，伸出酒杯让斟酒。阿纹拿起三味线，用指甲弹奏唱小曲。声音轻微动听，展现出艺伎屋六年练就的才艺。

过了一会儿，俊之助放下酒杯，膝行到纸屏边上，蹲在那里。

沉稳的粗嗓子在说着什么，好像其他人都洗耳静听。俊之助知道那是谁的声音。是职掌行政的藩府权臣石泽。

俊之助全神贯注，想听清石泽的话。背后，阿纹低唱，声如贯珠。

二

大约半年前，在春天乍暖还寒的夜气里，有一个人在城下尽头被杀。是在会计队供职的中年藩士，叫蟆目七左卫门，不知为何是一副行装，被一刀从一边肩头斜斜劈到另一边腋下。

浅见俊之助被悄悄叫到家老筒井兵左卫门的宅邸是第二天。筒井是首席家老，作为长年执藩政牛耳的宰臣，权势可炙。此人身躯瘦长，谁只要被他犀利地看一眼就会浑身悚惧，是一位威风凛凛的老人。俊之助在藩府里只偶尔远远看见过他令人生畏的身影，不曾直接说过话，完全想不到会被叫来，如芒在背。

筒井在宅邸的一个房间里独自等着俊之助。俊之助一坐好，筒井就冲他威严地咳嗽一声，劈头就是一句：

“听说你时常在染川坊一带闲逛？”

“是。”

俊之助脸已吓白了。娶了个不满意的老婆以后，极偶尔去过染川坊的茶楼喝酒，没觉得是值得传到家老耳朵里的狎游。听家老的口气，以为是责备此事。

“知罪。”

“你死去的老子我很熟……”筒井望着俊之助，好像看什么稀罕物，“他为人老实，恐怕还不知道茶楼的酒味儿，你可不像你老子。”

“知罪。”

俊之助掏出纸擦拭额头的汗。看着他的样子，筒井突然回过神来：

“不，并不是责备你逛茶楼，是别的事。喝茶，放松点儿。”

“是。”

俊之助得救一般把茶碗送到嘴边，洒在了膝盖上一点儿。

“蟆目被什么人给杀了，听说了吧？”

“是，很奇怪。”

俊之助跟死去的蟆目七左卫门同在会计队当差。同僚的怪死很快在队里传开了，今天一直都谈论这件事。

“其实，按我的命令，大监察在暗中调查他。人被杀掉，调查也就受阻了。”

筒井自己也喝茶，然后有言在先：“不许对他人说。”之后，便说了下面的事情。

三个月之前，担任藩库出纳的小宫山作内报告了一个坏消息，筒井大吃一惊。藩库里两千两黄金不见了。

小宫山是胖胖的老人，一脸福相，向筒井报告此事时，脸色苍白，急出满头汗。既出于当总管的责任，看样子又害怕自己被怀疑。小宫山说请家老给调查，又说要是找不到黄金的下落就剖腹。

“核对账簿没错吗？”筒井先确认。

“没错。”

“是外贼吗？”

“不，不可能是外贼。”

小宫山说金库外壁和锁头都没有变化。

“除了我，还对谁泄露过此事吗？”

“没有。”

“好，不要外扬。”

筒井这么说，是因为觉得显而易见，拿走黄金的人就在藩府内。出入藩库的人有限，除了总管小宫山和下属之外，只有会计队的二三人，而且不会单独出入。钥匙在小宫山手上。

筒井想，包括小宫山在内，彻底调查这几个人，最终能找出作案人。

小宫山还苍白着脸，说：

“我的去留该怎么办呢？”

“就装作没发觉。”筒井说。

没发觉丢失了两千两黄金是小宫山失职，但筒井认为不能太责备他。小宫山每天管理处理金钱收支，查对当天的账尾与现金，该入库的银两就纳入藩库，但并非每次都核查库中的金额。核查只是每个月末结账时。

筒井悄悄把大监察服部权兵卫叫来，命令他密查。筒井之所以要把事件秘密处理，是对于行窃如此大胆这一点有怀疑。这可不是会计队的人篡改账目，昧几个小钱，一下子没了两千两！

看来有后台——筒井想。

他觉得这件事有同谋，有后台。而且，在藩里称得上后台的人，筒井心中只有一个。

那就是本堂修理。此人从筒井年轻时就与他是政敌，直到前几年还作为首席家老不可一世，但现在已离开藩政，一蹶不振。本堂下台的直接原因是几年前农政失误，但筒井和次席家老井户、中老藤野等明里暗里联手整他也是事实。

本堂从藩政表面上消失了，但他并非就此对政权断念，吟风弄月地打发日子。每当有事，都要对藩政说三道四，不掩饰对筒井等人的敌意，以至于今。支撑本堂强硬的，是他掌握藩政时在藩内培植的关系网。这是筒井等人也清楚的，当即能屈指数出如今藩府要员之中有几人属于本堂派。本堂伺机排除筒井等，东山再起。他比筒井小五岁，来日方长。

可能是本堂让人干的——

筒井这么怀疑，等着大监察查出什么来。他还想，用查出来的罪证这次就能置本堂于死地。

可是，快要到翌月末的时候，筒井在藩府里，小宫山老人慌忙跑进房间来。

“金子又回来了！”

小宫山气喘吁吁，喜形于色。筒井用犀利的目光盯着他。

“没弄错吗？”

“没错。”

“我是说以前的报告也没弄错吗？”

“当然，要是怀疑的话，请移驾到金库，我详细说明。”

小宫山好像很委屈。他年过六十，被公认头脑不衰。只有相信他。

“两千两全部回来了？”

“是的。”

小宫山走了后，筒井陷入深思。谜更深了，但这就肯定了背后有后台。会计队的人或者一两个搞出纳的人干不来。背后有很多人，而且能够从藩府把两千两黄金拿出去再送回来，更只能认为是本堂，他在藩府要害之处保存着本派人马。

“大监察服部进行调查……”筒井对俊之助说，“终于查明了能出入藩库，并且偷偷见本堂的人，那就是蟆目七左卫门。”

“……”

“拿出去的黄金又全部送回来，不可思议。如果是本堂利用蟆目干的，需要那么多钱干什么呢，是一个谜。而且不是长时间，好像是一时之需。正要抓蟆目弄个水落石出的时候，他被杀了。”

“……”

“不用说，是知道查到他头上的本堂派干的。哪，情况就这样。调查的途径暂时被堵死了，但谜还留着，所以叫你来。”筒井定睛注视俊之助，“传闻仰本堂鼻息的人近来常聚在染川坊一带，注意到了吗？”

“没有，一点都没有。”

“好像本堂修理也不时出现。估计是商量把我们从藩府赶出去。”筒井发黑的长脸上闪过一丝苦笑，“不知为什么他们突然猖獗起来了。总觉得与此前的两千两一事有关，却没有证据，你探听一下怎么样？”

“我？”

“是的，那一带不大熟的人突然成天出入茶楼，会被他们怀疑。这一点你再合适不过了。试试吧，费用由藩府出，不在乎。”

筒井使出笼络的说法。说老实话，俊之助不大感兴趣。藩内政争的传闻只听说过，他也讨厌被直接卷进去。况且估计是轻易就要了螟目七左卫门命的对手，打探也满怀恐怖。没有胆量，紧急关头武功也不精，难以相信自己适于担这种打探人家秘密的差使。

而且筒井似乎误会了，俊之助并非那么耽于玩乐，不过是因为家里没意思，偶尔上茶楼消遣。

虽然这么想，但俊之助认定这个差使非接受不可。好像无论谁，和筒井兵左卫门面对面，不可能抗拒命令。

三

可是，怎么说好呢，近来也不能那么说了——

从染川坊绕到筒井宅邸，报告了今晚探听的结果，往屋代坊的家里走，俊之助想。玩乐越来越有趣。三日一次，五日一次，用藩费冶游，已有了沉湎酒色之感，一个原因是得到了阿纹这个女人。近来往往觉得不知道是为了哪个目的去，走出家门时必定情绪昂奋。

当然不能有迹象让筒井察觉。本堂派在染川坊附近，尤其近来总是在松叶屋频繁集会。一次在走廊上还曾和本堂修理本人擦肩而过。

俊之助把探听来的集会的大致人数、主要的人物、讲话的内容等，全部详尽报告。至于对筒井有多大用处，不得而知。筒井多半只默听。

今晚筒井有反应的，也只是当俊之助转述女佣所说一段话的时候：昨晚本堂修理来了松叶屋，好像在独栋客房里见了一个商人。

“商人？”筒井把眯缝的眼睛睁开了一点看着俊之助，“不知道那个人的名字吗？”

“不知道那么多。”

说是女佣，其实是听阿纹讲的。松叶屋，用筒井的话说，是本堂一派照顾的茶楼。俊之助尽量不直接探问松叶屋，以防什么时候松叶屋的人把打探集会的事泄露给本堂方面，那就会重蹈螟目的覆辙。

“赶紧调查那个商人是谁！”筒井说。

这就明晚又必须出去啦——

俊之助回想着筒井的话，心想。调查只有靠阿纹。想到又有了见阿纹的借口，心情便有点快活起来。

屋代坊是俊之助这样的俸禄百石到二百石的藩士聚居的地方。深夜的月亮照亮道路，墙和门交替着排列两旁。觉得后面好像有人，是进了笔直的长路走了一会儿之后。从那里再过去两三户就是俊之助的家。

俊之助回头，有两个武士落后两三丈跟着。俊之助不由得站住，后面的人也立刻停下。停下之后，大块头的武士高高抱起胳膊，看不清脸。

被跟踪了——

这么想时，俊之助感到了浑身发凉的恐怖。被筒井吩咐探听之时就想到了也许早晚会出这种事，但事到临头可就特别恐怖了。

俊之助迈步，觉得两腿不听使唤，总算钻进了院门，一气跑进屋里。灯光照射，邦江从起居室出来。

“怎么了？”

邦江看见丈夫坐在门口，气喘吁吁，慌忙屈膝。

“还没上闩，快把门关了。”俊之助说。邦江答应着，趿拉着木屐要出去，俊之助冲她背后说：“外面也许有人，看一看。”

邦江又恭谨答应着，走出去。俊之助在门口看着，邦江到外面左右看了看，然后关上院门回来。

“谁也没有啊。”

“那就好。”

俊之助说。放下心的同时有点不高兴起来，开始觉得那两个人也许是毫无关系的过路人，也像是因为自己站住，对方觉得可疑，也就站住了。这么一想，对惊惶失措的自己来气，也对被妻子看见了来气。

“刚才外头有什么吗？”进了起居室，邦江还是担心地轻声问。

“什么也没有，行了，你先睡吧。”

“夜宵呢？”

“不需要。喂，你在挖苦我吧？并不是工作晚了，是玩去了，有空着肚子玩的傻瓜吗！”

“……”

“拿茶来，然后就不用管了，先睡吧。”

邦江看了一眼丈夫的脸，说了一声“是”，起身去厨房。她脸上收起了平常的表情。一做出这种脸色，邦江便有些像愚钝的女人。怪只怪容貌不漂亮。

那我就先睡了，邦江说，出了起居间。俊之助有点心情抑郁地一个人喝茶。

又发脾气了——俊之助心想。

他也知道这样夫妇不和的原因在自己。邦江时常要接近他，作为夫妇是当然的。但俊之助一觉察，心里就产生一种拒之门外的情绪，于是邦江也立刻退缩一步，就变成刚才那样愚钝的面孔，举止反常地过分恭谨。这样翻来覆去，已过去了两年。

当初就搞砸了——

俊之助心里又烦恼地想到今晚对阿纹说的话。总是陷在这种想法中。

像对阿纹说的那样，俊之助就因为是千鹤这个女人的妹妹，乐颠颠答应了跟田中家次女的婚事。他没见，是母亲满尾见的，回来就说是一个好姑娘，称心如意。就这么订婚的。

可是，婚礼之前，媒人曾根幸右卫门请二人来家喝茶，见邦江第一面，俊之助登时明白自己铸下大错。坐在眼前的女人彬彬有礼，但那张脸难看，简直是丑陋。

俊之助见过嫁给骑卫队马渊才藏的姐姐，是白得透明的美人。可这位妹妹，皮肤浅黑，脸长得像狸猫，尖嘴猴腮，用吃惊似的圆眼睛看着俊之助。只有那双眼睛的纯洁澄澈让俊之助觉得稍微被拯救，但整个一丑妇的感想不变。仿佛被谁骗惨了。

“知道教猪谷派的西野铁心吗？邦江小姐是那儿的高徒，听说近来在那个武馆里没人能打过她。”

媒人曾根说，但这话也只是令俊之助厌烦。他本人曾在单刀派的芳贺武馆学过五年，却根本不成材。曾根的媒人说辞反而惹俊之助反感，只觉得邦江没有女人样。

然而，见了面认为对方不好看，不能以这个理由取消已决定的婚约。这点事俊之助也明白。他掩藏了失望，不对任何人流露。

因掩藏而无处发泄的不满憋在心里，俊之助对邦江关闭了心扉，与妻之间保持一段冰冷的距离，形成习惯。大概在邦江看来，丈夫的彻骨之冷难以理解。不能理解，试图钻进丈夫内心就受到伤害，似乎在这种反复中，终于学会跟丈夫之间保持自己也不受伤害的距离。

近来的邦江不像刚过门时那样不设心防地接近丈夫。岁月流逝。

她也可怜，但这样我自在，没法子——

啜着凉了的茶，俊之助想，回来的路上还剩下的一点酒劲儿全没了。对不入眼的女人装不出入眼的样子。真是不幸的夫妇。

冷不防起居间与母亲卧室之间的纸屏拉开了，身穿睡衣的母亲满尾披了外褂走进来。

“哎呀，母亲！”俊之助正身端坐，“您还没睡吗？”

“你的声音那么大，给吵醒了。”满尾说。

还不到五十岁，但白发已经很显眼。在俊之助举行冠礼第二年就死了丈夫，此后到俊之助娶妻的岁月，她一直暗地里操心，这表现在明显增多的白发和瓜子脸上浮现的落寞神情上。

“有酒味儿，又去逛茶楼了？”

“是的，但这是因为有应酬。”

“我不想听你辩解。”满尾不容分说，挺起胸，口吻里满含怒气，“我只想说一句。”

“是。”

“夫妻之间的事，当母亲的不该插嘴，但近来你对媳妇的做法，实在让人看不下去。”

“……”

“夜里很晚才带着酒气回来，说过一次体贴的话吗？你以为这样能行吗？”

“……”

“我知道你对邦江不称心，可我告诉你，女人看性情。邦江像我中意的那种，是无可挑剔的媳妇。你多少睁开眼睛看看！”

可是，不是你的老婆，是我的老婆呀。俊之助想说，但忍住了。

“是，像您说的，我以后注意点。您还是快睡觉吧，夜里凉。”

“那孩子知道不漂亮被你讨厌，真可怜。”

满尾最后说了这么一句，动作明显表示出对儿子的气愤，忽地站起来，回卧室去了。俊之助茫然坐了一会儿，然后吹灭了灯，走出起居间。

经过走廊进卧室，慢慢脱掉衣服，钻进被子里。俊之助一直望着掩盖着邦江身体轮廓的被子，进了被子里还凝视了一会儿。

好久没接触邦江了。好像表示夫妇的这种状态，两铺被褥是分开放的。不知邦江醒着还是睡了，只能看见她背向的体形和光润的头发。

俊之助摇摇头，熄了灯，头挨上了枕头。

四

上厕所回来，走在松叶屋昏暗的走廊上，与人擦肩而过。是一男一女。女人躲在男人背后似的走过去。刹那之间与俊之助对视了一眼。

咦——

俊之助不由得站下，目送二人的背影。那女人返回来，站在俊之助面前。是邦江的姐姐千鹤。

“保密哟，”千鹤低声说，“你也是瞒着邦江来玩的吧？咱们半斤八两呀。”

她嫣然一笑，轻轻握了一下俊之助的手，转身走去。步履沉稳。

俊之助回到自己的房间，斟上酒，却忘了喝似的茫然盯着杯子。

呀，谁呢。千鹤的丈夫马渊才藏今年春天去江户执勤了，同伴的男人当然不是他。高个儿，相貌堂堂，肯定是藩士，但没见过。

对女人不能掉以轻心——

不再想男人是谁，俊之助一边把酒杯举到嘴边，一边又这么想。咱们半斤八两呀，千鹤的动听声音还留在耳朵里。这句话也可以理解为自己坦白了婚外情。

千鹤是从年轻时就被年轻藩士们议论其美貌的女人。那是一种到了无可挑剔程度的称赞，以致俊之助看也不看就贸然娶了她妹妹邦江。

大概称赞使千鹤骄傲，变成了平时没人称赞就不舒心的女人。

相反，邦江嘛……

没这个担心，俊之助心想。首先就那副尊容哪里会有人引诱呢？对邦江总不能坦诚相待，习以为常，还有些古怪的想法，但他清楚当然无关乎那种事。

邦江跟千鹤不一样，喜好规规矩矩的生活，是非常能克制的女人。尽管是布满裂痕的夫妇，她也能在一个屋檐下生活了两年，不就说明这一点吗？俊之助这么想的时候，仿佛在昏暗的屋里突然看见邦江的身影浮现在光亮中。但是她蹲着，背对俊之助，一直垂着头。

纸屏拉开了，阿纹走进来。俊之助放下酒杯。

“情况怎么样？”

“刚才本堂大人和一个大老爷模样的人进了别栋。”

“是吗，打探得好，来，喝一杯。”俊之助把酒杯端给阿纹，“那个大老爷，是没见过的人吗？”

“嗯。是有钱人，而且不是一般的有钱。这种事我们一眼就能看出来。”

“知道他是谁就好了。”俊之助说。他发现筒井家老不知为什么对本堂与镇上的商人接触异常关心。“喂，我要看一看，一个人太显眼，你也一起去。”

俊之助一边站起身一边说。走廊上也有没挂灯的地方，但是有客人的房间里露出的光足以照亮脚下。拐过三个弯儿，二人来到通往别栋的桥廊前。

踏上桥廊去别栋那里，看来很需要一点决心。要是本堂在哪儿暗藏了警卫，就会立刻被盘查，引起骚动。

隐身柱后，把那个从别栋出来的女佣让过去，俊之助还继续观察昏黑的院落。由于紧张，两腿打战。

“好，走。”

俊之助握着阿纹的手低语。阿纹在身边仗胆，万一有事就把她推出来搪塞。二人蹑手蹑脚过了桥廊。别栋只有两个房间，后面的房间里亮着灯，从那里传出人声。

估计藏在前面的黑屋子里就能清楚听见里面说话，但俊之助没这个胆量。蹭到两个房间的近旁，蹲在过道上。偏巧夜空阴沉，从房间里露出来的光亮朦胧照着过道，二人蹲着的身影遮掩在黑暗中。

俊之助按捺着难受的心跳，竖起耳朵。

“不管他，拒绝，说没钱不就完了吗？”

“可是，本堂大人……”对方的回答温和而沉重，“突然这么翻云覆雨似的，我们会被人怀疑。”

“啊，喝酒，界屋。”

这是本堂的声音，房间里静下来。好像只二人密谈，连女人也不叫。

俊之助给阿纹一个暗示，悄悄立起膝盖。当他迈步时，听本堂在里面这样说：

“总之，这是跟从哪一边的问题，不是吗？”

是界屋久左卫门吧，俊之助想。他是远近闻名的富商，长年在镇上开服装行，在海岸的港坊还拥有运输船行。藩府为维持年年拮据的财政，向富商们借钱，和界屋关系尤为密切，这是会计队无人不知的。

别栋里有他在，这使俊之助也觉得隐约抓住了本堂的意图。也许他是要把被呼为政商的人都拉到自己一边，图谋对筒井反击。

“这是浅见先生吧。”冷不防堵在前面的男人说，是松叶屋的掌柜，“在这种地方干什么？”

“啊，是掌柜的，醒醒酒，看一看院子，就晃荡到这里来了。”

“黑灯瞎火的，院子里什么也看不见。”掌柜说，怀疑地看着俊之助，“没去那边吧？”他手指露出灯光的别栋。

“怎么会去那种地方。”

“那就好，客人吩咐了让人回避，所以请不要去别栋那边。”

“别担心，这就回房间。”

“真是的，驹代小姐也不小心点儿。”

头发稀疏的小个子掌柜冲阿纹也发了牢骚。俊之助和阿纹离开，他还站在那里一直盯着二人。

五

俊之助听到本堂和界屋在松叶屋的别栋里密谈后不出半个月，惩处下来了：本堂修理软禁在家，本堂派的几名干将闭门思过。

大监察服部闯进本堂宅邸，同时镇公所的人员突袭界屋，据说抓到了他们之间图谋不轨的铁证，但如何不轨未公布。不可思议的是处于事件核心的界屋却未受任何惩处，听到这结果的人议论纷纷。

“事件发端是界屋的一艘船，还有半日就进港了，被暴风雨打沉。他行事果断，为了做大买卖，进这船借贷了太多的钱。当然，船到了钱就马上能还上。到偿还期限应该绰绰有余。可是，船沉了，这下子面临了破产危机。慌忙到处筹钱，却不够数。下一艘船进来还要差不多一个月。这个时候本堂弄到两千两黄金，施恩给他。这就是实情，明白了吗？”

筒井把俊之助叫来，亲自喋喋不休地说明。

“能做出从藩库拿走金子这种胆大包天的事，除了本堂没别人。我一开始就这么料定了。”

“……”

“藩政，听起来好听，但不向商人们借钱就什么也干不了。变成了这种世道，以至于衡量执政者的才干，就看他掌握了几个有钱的商人。我们也为此暗中操劳受累，本堂的目的也一样。”

大概再度打败了劲敌的兴奋尚未减退，筒井舌头打滑，言多有失。

“话虽如此，这次你打探出本堂和界屋密会，是第一功。由此镇公所查到船的事，之后就一泻千里，不费吹灰之力。”

筒井把手伸到背后，拿出一个小包袱，推到俊之助前面。

“本来应该给你增加俸禄，但这个功劳不能公之于众，这里有五十两金子，拿去吧。”

“诚惶诚恐。”

“还有，就此跟你了结关系，因为不想被人说为了整本堂利用了密探什么的。人言可畏。你的任务结束了。”

出了筒井宅邸，俊之助不先回家，穿过擦黑的街市急匆匆直奔染川坊。心里还有点想不通，似乎在已经结束的事件中不知不觉地扮演了武士所不齿的角色。这种情绪是被筒井的最后一句话唤醒的。

说是功劳，给了钱，但筒井的态度看来是不想让人知道用俊之助探听了本堂的动向。俊之助想起筒井说了结关系时表情和语气是冷酷的。

俊之助也能想到，此次事件的真相其实是筒井以藩的正义为名，借机置多年的政敌于死地。筒井干了什么，其全貌不得而知。这么一想，便发现了自己的卑贱，在其中完成了猎犬的任务，还得到赏金。

脏钱——

俊之助想。以为绝对是为了藩，干完了才明白是在筒井的权势欲望的手心上跳舞，留下了不快。

到了松叶屋，叫来阿纹，俊之助拼命喝酒，心绪好像不醉就压不住。可是，迟迟不醉，头脑里自嘲和对筒井的愤懑萦绕不去。

"那也是个肮脏的老家伙。"

"哎？"阿纹惊讶地看着俊之助，"你说谁？"

"这金子给你。"

俊之助从怀里掏出筒井给的金包，随手塞给阿纹。打开包一看，阿纹愣住了。

"怎么了呀，这么多金子？"

"放心，不是偷的。说是对我们俩四处闻来闻去的嘉奖。"

“既然是嘉奖，你拿着就行了。突然给我这么多金子，我可不要。”

“没事儿，你拿着吧。这金子我用不着。”

“打算不再来了吗，大少爷？”阿纹突然这么说。

俊之助猝不及防地看着阿纹。阿纹面无人色，茫然凝视俊之助。是啊，会那样吧，俊之助暗想。来玩需要钱。俊之助握住阿纹的手。

“别做出这种表情，还会来嘛，用自己的钱。像以前那样只偶尔来。”

“真的吗？”阿纹噗地笑了，拿起酒壶，“只要来，偶尔也行啊。我以为到此为止了呢。”

俊之助起身是将近晚上九点的时候。自以为没怎么醉，站起来酒劲儿就上了腰腿，在门口鞋也穿不利索。

“我送你，等一下。”

他跟先一步出了门口的阿纹说，这时，外面响起一声撕肝裂胆的惨叫。

俊之助冲了出来，看见的是手握白刃的武士和倒在地上的阿纹，吓得他两腿发软。

松叶屋门口离大路有两丈远，在进入小巷之处。武士站在小巷上，堵住了去路。檐下的灯光照见他，有三十五六岁，身材高挑，一脸凶相。

“你是浅见吗？”他看了看俊之助，用纸擦拭刀身，慢慢收刀入鞘，说道：“我是近侍队的远山左门。你应该明白这个女人被杀的原因。但跟你不在这里干。我提出决斗。明日傍晚五点，在五间川边上的一棵松见。”

“……”

“要么，现在干？”

俊之助摇头。远山点点头，转身疾步走出小巷。只见聚集在小巷入口窥探这边的人们呼啦一下子逃散。

俊之助踉踉跄跄回到屋代坊的家里。

“怎么了？脸色发白呀。”

出迎的邦江惊疑地问。她进了起居间，麻利地给俊之助上热茶，又担心地问他是不是身体不舒服。

平常总觉得闹心的关怀，此刻俊之助却觉得如沐春风。明天就要决斗，哪里也没有可以依仗的人。吓昏了头，一度也想过跑进筒井宅邸，却不能相信筒井会救他。接二连三想起其他熟人的面孔，恐怕也都和筒井一样。他们先就不会信自己的话，信了也顶多是嘲笑他的狼狈相。

只有这个女人真心关怀此刻的我，俊之助想。

“明天要决斗。”俊之助说。

这句话一说出口，浑身又涌起新的恐怖。

“决斗？跟哪位？”邦江瞪大了眼睛。

“近侍队一个叫远山左门的。”

“明日什么时候？”

“傍晚五点，地点是一棵松。”

俊之助讲了那事，心情罕有地对邦江一片坦诚。筒井的事，阿纹的事，也通通说了。阿纹被杀的事也说了。邦江一言不发，微微低着头静听。

“说是打探，其实一半是想跟女人玩，随随便便就接受了。这下子报应来了。”

“……”

“逃也逃不过本堂派追杀，只好决斗了。”

“……”

“不清楚远山这个人，可我不擅长耍刀，看来是没救了。到了这地步，就要看武士的骨气了，只好砍一刀然后等死。你心里要做好准备。”

俊之助说。在回家的路上，想着被惨杀的阿纹，他就已下定了决心。

丈夫说一声“我去睡了”，苍白着脸出了起居间，邦江手抚双膝，继续沉思。

她惊讶丈夫无知，居然不知道远山左门。远山是在江户学过单刀派的剑客，邦江在芳贺武馆看过一次他比武。对手是芳贺武馆的高徒土屋，但远山连竹刀也不让碰就轻易取胜，那干净利落的刀法仍清晰在目。

那可不是你能砍一刀的对手——邦江一动不动地沉思，终于熄了起居间的灯，轻手轻脚出了门。

远山的宅邸在河对岸的土师坊。被让进院门，邦江站在昏暗的门口，等候远山出来。

“我是浅见的内人。”

邦江这样自报，远山举起手里的蜡台照了照邦江的脸，然后冷淡地问：

“什么事儿？”

“明天的决斗我代替浅见，但时间是明天早上五点。”

“怎么回事儿？”远山说，“有什么理由？”

“浅见刀法极其不精，决斗只是走过场，对于您来说不过是猫玩老鼠。”

“那么，你以为你的刀就行吗？”远山毫无表情地说。

“不是夸海口。”

“不行。”远山厉声说，“不能跟女人决斗，而且向浅见提出决斗另有理由，不许别人替。就这么告诉浅见吧。”

“丈夫不知道我来这里。”邦江说，上前一步，“远山先生知道西野铁心吗？”

“当然知道。比过一次，我败了，他可是少见的高手。”

“那么听说过西野独创的细波绝招吗？”

“听说过，但无人见过。”

“那绝招就传给了我。”

“什么？”远山说，开始有了表情。

“夫人的名字是？”

“邦江，娘家姓田中。”

“噢。”过了一会儿远山脸上露出兴奋的笑容，“能见到传闻的西野武馆女剑士，荣幸之至。好，那就让我好好见识一下秘剑细波吧。”

晨雾中死斗在继续。双方都负了伤。邦江被削去鬓发，肩膀和左臂在流血，而远山的伤是右手腕一处。

但那一处伤到了骨头，白骨从伤口露出来。

这就是细波吗——

远山怒视女人从刀尖那面锐利地察看这边的眼睛，心想。

和瘦小的女人拔刀相向时，远山突然觉得对方很可怜，然而一交手便马上丢开这个想法。邦江封住门户，不容远山轻易砍杀，动作敏捷。

你来我往，交锋中远山也明白邦江一直在阻击右臂，却无法避开，被砍了一刀。挥刀猛攻，那一瞬间就会被砍，一后退女人便迅速跟进，到底砍着了前臂。那种攻击极为顽强，好似小小的波浪冲击岩石，天长日久，那里就穿了洞。

浅而轻的一刀却砍到了骨头，远山感到右臂几乎失去知觉，非一鼓作气不可了。焦躁使他头脑发热。

远山一下子举刀过顶，但同时低叫了一声，右手脱离了刀柄，无力地垂下来。女人像影子一样跃到眼前，瞬间从旁边掠过去。远山忍耐着胸膛被刺穿的感觉，用左手挥刀向那个影子劈下去。

远山踉跄了几步，翻倒在草丛中。邦江确认了之后，拖着刀双膝着地，然后用膝盖蹭地，几乎是爬到了松树根，把身体靠在树干上。背后河水作响。想喝水，可一旦坐下，伤口和疲惫使身体重如磐石。无奈地闭上眼睛。

俊之助看见了邦江的留言跑到一棵松的时候，邦江上身靠在树干上，伸直双腿，深深垂着头，似乎已死去。终于升起来的朝阳使岸边的露水晶莹闪亮，静静罩着邦江。

“邦江！”

俊之助拍打面颊，邦江终于睁开眼睛，微微一笑。那是俊之助从未见过的美丽笑容。

“伤很重啊。”

俊之助从邦江身上解下缠头巾和束带，脱下像草鞋一样用细绳绑在脚上的草屐，然后小心翼翼把邦江的身体背起来。

“你可别死！”

俊之助瞥了一眼远山的尸体，一边开步一边这么说。远山死了，邦江活下来，他只能觉得是奇迹。

邦江在背上嘟哝了什么。

“啊？你说什么？”

“回了家……”

“嗯。”

“就给我休书。”

“别说傻话！”俊之助说。这是邦江很久就想说的一句话吧，现在终于说出来。“以前的事情请原谅，是我的错。”

邦江没回答，但俊之助感到她搂着脖子的手用了一点力，脖梗子上泪水滚滚。

“我们好好过！”

俊之助这话是说给邦江听，也是说给自己听。他轻轻把妻子的身体往上送了送，一边小心翼翼地不碰到她的伤口。后背上邦江的身体很重，重得那么轻快。

厄运剑刘芦

一

“嫂子！”

卯女一手拿着烛台，正要出房间，背后曾根炫次郎低声招呼，她便驻足。

“这种事今晚就结束了吧。”

低微的声音里运足了力气。卯女手扶纸门听着，烛光照着从薄睡衣中凸显的腰部曲线，照着光着的脚。解开的头发披在背后，妖里妖气。炫次郎仿佛从她这副样子看见了偷情的罪恶之深，微微颤抖。情绪凉了下来。

“不然的话，就会遭灭顶之灾呀，嫂子和我，当然还有曾根家。”

卯女回头看了炫次郎一眼，童女一般白皙的脸上似乎浮起了微笑，但什么也没说，关上纸屏走了。淡淡的烛光在纸屏的空隙荡漾了一会儿，终于一下子消失，炫次郎被留在黑暗中。

咚地把身体倒在被褥上，深深吐了一口气，觉得对卯女说的话几乎没什么意义。

怎么办哪——

炫次郎在黑暗中神情抑郁。

兄长新之丞是曾根家的户主，一年零三个月前病故，留下妻卯女和孩子。孩子是两岁的女孩，所以亲戚聚议，决定由住在一起的炫次郎继承家业，可说是自然而然的处理。

亲戚集会上顺便说定，亡夫过了一周年忌辰，卯女就离开曾根家，回娘家去，女儿留在曾根家，给炫次郎当养女。卯女比炫次郎年长一岁，二十二岁，从年龄来说，回娘家也完全能再嫁。

卯女成了寡妇，许给小叔子炫次郎，继续留在曾根家，这种事是世间常有的，但聚议时根本没提，这是有理由的：炫次郎已经订了婚。

炫次郎是次子，一直住在家里，他还是城下传授四天派的市子典左卫门的高徒，藩内能排在前五名。

炫次郎以刀法扬名，是十九岁在藩主右京太夫面前比武时，当时战胜了五名武功纯熟的对手。这次比武给他带来了意想不到的好运。比武之后，藩里准许他另立门户，发给五石年俸，外加每日一升的月俸。

兄长病故正当炫之助要搬出这个家另立门户之际。住的房子大体上决定了，要娶过门的女人也决定了，是在藩府营造队当勤的食禄七十石的石栗麻之助的妹妹奈津。

兄长一死，炫之助的命运发生骤变，继承了曾根家的一百一十石年俸，但是和石栗奈津的婚约当然还存在。对于亲属做出的决定，炫之助和卯女提不出任何异议。

炫之助并非不怜惜嫂子。兄长本来是病弱的体质，侍候病弱的丈夫千辛万苦，结果又突然死去，被送回娘家也不会幸福，一想到这些，炫之助黯然伤神。他对美丽而娴静的嫂子抱有好感。

亲族聚议决定失去了户主的曾根家最好的继承方式。他们耗费了两晚。其中当然也议论了让卯女回娘家当否。议论的结果，他们决定了上面说过的措施，决定了使失去户主的曾根家存续的最佳方案，都松了一口气，各回各家。对决定唯有服从而已。

卯女也不像是对这个决定怀有不满。成了寡妇的武家女人走的极平常的路她也要走。葬礼及亲族集会前后卯女瘦了，白皮肤失去了光泽，但百日过去，她又恢复了面色，好像一点点开始拾掇身边了。

她还不能把主妇的位置让给谁。炫次郎接了班，开始进藩府执勤，而迎娶奈津定在了亡兄一周年忌辰办完之后。

曾根家有一个住家女佣和一个通勤的老仆。指使二人、送迎炫次郎出勤、主持家务的，依然是卯女。一如既往的日常在曾根家继续，只是家庭成员中少了新之丞这个男人罢了。正式继承家业，卯女就改了对小叔子的用语，但炫次郎还不适应。他对只比自己大一岁的嫂子就像对年长几岁的女性一样尊重，由于长时间的习惯，此心不改。曾根家的日常保持着平稳。

炫次郎现在也忘不了这种日常一下被打破的那一夜。卯女自己悄悄溜进炫次郎的卧室。炫次郎更惊讶的是，第二天早上卯女丝毫不留昨夜的痕迹，又是个完美无缺的曾根家主妇。

炫次郎知道，摆脱束缚武家的规矩很容易，而且一旦摆脱了，那里就只有男人和女人。当然是犯罪的行为，但那罪涂抹了令人眼花缭乱的亮彩。过去是嫂，不久将成为他人，炫次郎迷恋于充满这种魅惑的女人。

不过，炫次郎想，过了亡兄一周年忌辰，那时就结束见不得人的偷情。他还觉得可能卯女也这么打算。然而，一周年忌辰办完了，卯女没有要离去的迹象，而且一晃就过了三个月。

炫次郎不清楚卯女在想什么。在男女敦好的片刻黑暗中，卯女总是自始至终默默不语。那种心情炫次郎也感同身受。一句也不交谈，行为才勉强与罪恶感断开。

即使不挑明，卯女也会完全明白该在何时结束这种不正当的偷情，会在任何人都没发觉他们偷情时就悄悄结束的——炫次郎依然这样不可思议地信赖着聪明的嫂子。

可是，那个时期过去了，过去了三个月，卯女还坦然溜进卧室，现在炫次郎可就不能无所疑惧地承迎了。他疑惧，或许偷情使贤明而稳重的卯女丧失了分辨。

被褥中飘散着女人留下的体香。那是只有一个女人才会有的气味，是那个让人接受了就只能沉溺其中的充满魅惑的身体留下的。

在孤独的黑暗中睁着眼睛，仿佛从女人的遗香中闻到了毁灭。一周年忌辰办完了卯女也完全没有回娘家的意思，周围虽然还没有公然说出口，但看过来的眼神已渐渐不正常了。

那是自然的——

炫次郎想。想起刚才走出寝室时卯女的隐约一笑，不明白那是什么意思。

他猛地翻了个身。偷情过后的倦怠留在四肢，眼睛却一直清醒着，似乎睡不着。

二

来到媒人堀田嘉兵卫指定的小酒馆，被出迎的女侍心领神会似的领进后面的一个房间。

“噢——”一进房间，炫次郎不由得叫了一声。房间里端坐着未婚妻奈津，手放在膝上。

“好久没见您了。”

女佣说马上端茶来，离开了房间，奈津抬起脸，很想念似的寒暄。十八岁的奈津脸上天真地表现出久别重逢的喜悦。那微笑令炫次郎着迷。

“久违，杂事缠身，一直没拜访。”

炫次郎道歉，但心里还是觉得遭到突然袭击。要收工时堀田来到办公处，说有话说，让炫次郎先去，指定了这个小酒馆。

心想无非是和奈津办喜事的话，怎么回答呢？忧心忡忡地来了，却做梦也没想到奈津本人在这里。炫次郎预感到谈话一定更棘手。

亡兄一周年忌辰过后，和奈津的婚事已到了选定日子尽快举行的时候了。为此堀田到曾根家来了一趟，但炫次郎当时没明确回答。看来堀田今天把奈津叫来，要不容分说地催促一番。

“令嫂和多惠都好吗？”

奈津略微歪着头问道。多惠是三岁的侄女。和奈津结婚，侄女就给他们当养女。

“好。”炫次郎一瞬间好像咽下硬东西，觉得胸口堵得慌，赶紧说：“令堂身体好吗？”

奈津的父亲早已病故，家里只有母亲。

“前些日子在院子里摔倒，扭了脚，正在请祝坊的久庵大夫治疗。”

“噢，够倒霉的。”

“不，伤得并不重。先生说半个月就能好。扭了脚的原因很可笑啊，您知道的，我母亲非常胖……”

奈津朗声说话，炫次郎笑眯眯看着。石栗家的人都这样心直口快，订婚后来往了两三次，炫次郎对奈津和她家人感到满意。

可是，今天觉得奈津有几分疏远，一定是因为自己有了不能泄露给别人的情事。奈津喋喋不休，在炫次郎眼里时而叠进一个默不作声的高雅的倩影。与那个女人相比，就觉得奈津清纯可爱，城府却太浅。

"母亲自己觉得有力气，可那么胖的身子，就未免勉强了。"

奈津说着，屋外女侍打了一下招呼，拉开纸屏。堀田和奈津的兄长麻之助从女侍身后走进来。

"好像谈得很热闹嘛，好。"堀田随便背对壁龛坐下来，说。

他是病故的兄长的上司，在会计队供职。年近五十的练达藩吏，大概这种地方的酒也喝惯了，显得很轻松。

麻之助也一副别无他意的表情，跟炫次郎寒暄了两句。他应该比炫次郎年长两三岁，面颊丰腴，细眉细眼，长得像奈津。

女侍摆上食案，点亮灯，本来朝庭院的纸屏还映着夕晖，这时屋里就一下子变成了喧闹的夜间气氛。

"有些日子不见了，先来一杯。"

堀田说，轻车熟路地劝酒。炫次郎也略饮几杯，但一进这个房间时就有的郁闷感觉此时越发加重了。

"好，今天要说的……"都略有醉意时，堀田不再扯藩府的闲话，表情有点严肃起来。炫次郎觉得心里唰地发凉，坐在对面的奈津低下头。"明白地说，喜事什么时候办，丝毫不清楚。石栗家担心，是吧？"

堀田看了看麻之助。

"是的。"麻之助简短地回答，两眼盯住炫次郎。

“关于这件事，我在新之丞大人一周年忌辰过后，也就是早春，去你家的时候你确实说过吧：等卯女回娘家的时间定了以后再决定喜事的日子，把要走的人赶出去于心不忍。”

“不错。”

“我觉得此话有理。没有这么点体谅的人，奈津不能嫁。”堀田是石栗家亲戚。“而且我也觉得炫次郎和奈津都还年轻，用不着匆匆忙忙。可是，本以为曾根家不久就会有消息，那以后却什么动静都没有了，已经过去三个月。”

“……”

“想必有原因，但等着的一方焦躁不安哪。”

堀田无心说出的“原因”这个词好像带有不满的刺儿，刺在炫次郎心上。

“石栗家经常来催我，前两天连奈津都来了，那副担心的样子叫人不忍看。”

“叔叔！”奈津叫了一声，唰地红了脸。

“给我们讲一讲情况吧。为什么一拖再拖？可不可以往前进行？可以的话，那就在这里马上商量。石栗家把什么都准备好了，被晾在那里哪能不着急。”

“说得对。”炫次郎低头行礼，“婚礼的安排还没定，当然是我们不好，深表歉意。”

“道歉就不用了，想听听是怎么回事。”

“正像堀田大人说的那样，让嫂子稳妥地回娘家，是曾根家户主的责任，也是对亡兄的供养。”炫次郎觉得舌头很灵活，忍着对自己的反感继续说，“可不巧的是，嫂子娘家的妹妹定了亲，马上就要办喜事。嫂子希望喜事办完了再悄悄回娘家。大概她的心情是不想匆匆地把不幸的身子暴露在人来人往的地方。”

卯女的妹妹入秋要出嫁是事实，但炫次郎此刻说的意思，卯女并未流露过。

“我对嫂子说，那就按您的意思吧。我觉得我们的婚礼那之后办也行。没有把这个原因告诉堀田大人，是我的疏忽，但实情就像刚才说的，希望再稍微等一等。”

“听见了吗？原因大体是这样。各家有各家的难唱曲，别人不得而知啊。”堀田一边自己斟酒，一边对石栗兄妹说。又劝炫次郎和麻之助喝酒。“知道了，那么，大约可以在秋天办喜事吧？”

“啊，请等到秋天。”

“说实在的，石栗家的担心有理由。”堀田这么说，奈津赶紧抬起头，嗔怪地叫了一声叔叔。但堀田摆摆手制止她，那手势带了几分醉意。“外面有种种不好的流言哪。”

“流言？”炫次郎注视堀田，“有什么关于我的流言吗？”

“不，是卯女现在还留在婆家，会不会有什么难以离开的理由之类的，卑鄙猜疑的流言。”

“叔叔，那种事就别提了吧。”

“不，炫次郎知道也好，人言可畏。照顾嫂夫人的心情固然令人钦佩，但也必须顾及外面的眼睛，要说得过去。”

“明白了，不过，真出乎意外。”

炫次郎说，脸色有点苍白了。

“请不要在意，我对那种流言一点都不信。”

大概看见炫次郎变颜变色，奈津露出不自然的笑容，说道。麻之助只是默默地注视着炫次郎。

三

进步了吧——

看着石丸兵马的架式，炫次郎觉得如梦初醒。再没有像兵马这么刻苦的剑士了。二人是十二岁时一起进市子武馆的。

炫次郎很快就显出天分，十九岁时在藩内赢得了稳固的名声，那时兵马还没有出徒。但三年后，尤其是炫次郎进藩府执勤这一年半，兵马不但取得了资格，而且武功达到了更高的境界。一比试就清楚，锲而不舍的努力结出果实，如今兵马的刀法正形成一种风格。

兵马退步，引诱炫次郎。炫次郎逐饵而上，想彻底弄清对方的力量。当他跟进之际，好似退下的波涛反扑回来，兵马的身体一下子布满视野。刀随即刺过来，劲道十足。

两刀对碰，二人都不能回身，不约而同地闪向旁边，再次相击。这时兵马的竹刀当啷一声落地。

兵马登时像真刀比武一般跳出圈外，叫道：

“你用了那一招！”

“没用。”

“撒谎，胳膊都麻了。”

“嗯，要是明白，那就没办法了，可不要让师傅知道。”

二人放声大笑，解下束袖带和缠头巾，换了衣服。

兵马说的是名为刈芦的绝技。师傅市子典左卫门创造的这一招过去只传了两个人，神尾隼之介和曾根炫次郎。

神尾是市子开武馆初期的弟子，让市子惊喜的早熟天才，但身体病弱，二十来年前病故了。市子把绝技传给炫次郎，是在炫次郎得到藩府的命令，凭武艺另立门户的时候。也许有馈赠得意门徒的意思，但市子在炫次郎的刀上看见死去的神尾也说不定。

刈芦被传得神乎其神，但谁也没见过。只有在严冬冰冷的武馆里传授了七夜的市子和得到秘传的炫次郎知道。

无意之中使出那一刀，被兵马说中了，是刈芦，炫次郎心里对他的长进大为惊讶。

“喝一杯不？”

向市子告辞，从空无一人的武馆出来，炫次郎邀兵马。好久没一起练习了，想和友人谈刀论剑。街上已开始呈现黄昏的光景，更教人不愿马上回家。

“请客吗？”

“当然，我付账。”

“那就奉陪。最近手头紧，酒都没得喝。”兵马大声说。路上的行人回头看着二人走过去。“对啦，敲你一顿也不要紧。我还在家里寄食，你已经是一家之主了。”

“对，对。”

“况且过去我总请你，还借给过钱。”

“那可怎么说呢。”炫次郎说。

兵马好酒好色，不可思议的是他很有办法弄到钱玩乐。兵马家俸禄不知有没有八十石，并不那么富裕。何况是寄食在家，不会有花天酒地的钱。虽然被炫次郎这样看，但兵马不是说今天从伯父那里骗来了钱，就是说姑姑喜欢他，去了就给零花钱，反正总是有钱。

看样子兵马是到各处亲戚家帮忙得到小钱，时常邀炫次郎下酒馆。

炫次郎并非总是高兴去。住在家里，每月兄长只给几个零花钱。有时卯女从娘家回来，瞒着兄长给一点钱，那也没有用于酒色的钱。这种身份的人深更半夜带着酒味儿回来，也被家里人厌恶。

炫次郎有时被兵马的花言巧语说动，或屈服于难以拒绝的诱惑，跟在他后面，每次都绞尽脑汁编理由向为人严谨的兄长解释。

“你说请客，但一半是硬拉人家去。”

“说什么呀，不是你自己迷上了扇屋的花荻，很高兴去的吗？”

“花荻？啊，好久没去了。”

炫次郎想起了那个娼妓的面容，以前曾去过几次。只靠兵马请客不够，曾瞒着兄长向卯女要钱，自己也去过。他又想起那时的卯女，不问干什么，默默把钱给他。

跟兵马说说吧——好像是因为浮现了卯女的白皙面容，炫次郎突然这么想。

见过堀田和石栗兄妹的那个晚上，炫次郎借酒醉把他们说的话告诉了卯女。但卯女对此以及什么时候回娘家之类的事，连一句话都没说。只是垂着头，露出莫名其妙的微笑。

“去好久没去的井守屋吧，也有事情想讲给你。”炫次郎说。

这时他被冲动驱使，要把难以解决的问题通通告诉从小一起练武的朋友。

三岛坊有一条小巷，小酒馆一家挨一家，俗称酒鬼巷。井守屋就在那里，酒又便宜又好喝，武士也经常出入。

店里细细长长，一直伸向里面。中间有过道，左边是一个个铺了榻榻米的小隔间，右边是裸土地，摆着饭桌，酒桶当凳子。客人进店，武士在左，市井百姓在右，分开来喝酒，是古来的规矩。

二人在最角落的隔间落坐喝酒。几杯酒落肚，炫次郎鼓起勇气说：

“其实现在很为难，愿意听我说吗？”

炫次郎一五一十讲了。和卯女的不正当结合，被石栗家催促，已经是六月，到了八月，关于婚礼的日期必须给石栗家回话。

兵马停杯细听。大概到了好酒之徒聚来的时候，百姓喝酒的那边人声鼎沸，旁边的小隔间也好像来了人，传过来低语，嘴里含着东西似的。那些声音都还没大得妨碍他俩说话。

“事情就这样，我不知怎么办好，你有没有好主意？”炫次郎说。

这么说完时，他感到自己是一个非常卑劣的人，同时又仿佛把肩上的担子一时交给了兵马，不无松了一口气的心情。

“真叫人羡慕。你要是不那么贪心，就把石栗那头让给我吧。”

兵马举杯喝了一口，开玩笑说。和浑身肌肉、眉清目秀的炫次郎相比，兵马有点胖，圆脸上留着浅浅的麻痕。他的玩笑流露了几分正在找女家却对长相没自信的真心话。

但兵马立即又正经起来，说：

“我明白了，这事很清楚嘛，让嫂子赶快回娘家，这不就解决了。”

“可我做不来，只要她本人不主动说。”

“扯淡。”兵马说了一句粗话，但脸上笑了，“为什么做不来，依我看，你其实不想让嫂子走。大概嫂子也不想走。彼此情投意合，对方什么也不说才好，过一天是一天。”

“胡说。”

炫次郎说，但觉得在兵马的话里看见了眼前的无底深渊。耳朵里回响着兵马的声音。

“要是我的话，能搞得更漂亮，而你不懂女人。但总不能一直这样，所以就麻烦了。”

“……”

“总而言之，要下决心，决心。不然，明摆着要下地狱啊。”

四

石栗麻之助看见炫次郎后只冷冷一瞥，立刻转身先出了城门。

炫次郎跟在后面，脚步沉重。听麻之助耳语“在城门恭候”，炫次郎的心便像吸饱了水一般沉甸甸的了。

看来又听说了那个流言。有流言是当然的。七月也快要结束了，卯女还在曾根家。流言肯定被添枝加叶，如今已飞遍城中各个角落。走在藩府的走廊上，迎面过来的陌生人露出奇怪的微笑，盯盯看着炫次郎，擦身而过。正在办公处谈笑的人一看见炫次郎进来，就都不自然地缄默不语了。这些场面表明了堀田所说的流言在城中传布到什么程度。

可是，炫次郎又能怎么样呢。见石丸兵马一个来月前的夜里，炫次郎酩酊大醉地回到家。卯女一个人还没睡，在起居间等他。炫次郎在她面前坐下就盯着她说：

“就这个夏天啦，嫂子，秋天就该出这个家门。”

卯女把手里正缝着的小袋子放在膝边，优雅地在唇边竖起指头，嘘了一声。脸上只是又浮起谜一般的微笑，神情丝毫不为他的话所动。

“醉得太厉害了，快睡觉吧。”

卯女对炫次郎说的话不予回答，只这么说了一句，就把他扶起来，利落地送进卧室。那晚炫次郎也无法拒绝溜进来的卯女，反倒比以往更深情地搂抱，这到底为什么呢？

跟在麻之助后面，炫次郎感到手脚懈怠无力。出了城门，来到护城河边，结伴回家的藩士不时回头看二人。不知哪里有五六个人在哄然大笑，炫次郎听来是嘲笑。

麻之助走向小酒馆和酒楼栉比的染川坊，炫次郎以为是在找喝酒的地方，但他想错了。麻之助脚步有点快，从染川坊途中拐进相邻的吉川坊，穿过那里来到了五间川岸边。

街里闷热，河边有小风。太阳刚落，只有水面上飘荡着淡淡的暮霭，不见人影。越过河对面的田地，能远远看见街上的行人，但像是小黑点。

“边走边说吧。”麻之助先开口，突然站住，回头看炫次郎，厉声说：“你无耻之极。”

“……”

“原先的流言好像是事实呀。”

“这么说有什么证据？”炫次郎冷冷地回嘴。

“证据？当然有证据，所以才叫你出来。你家叫阿末的女佣全都说了，那么肮脏的事还用再说吗！”

“你干的事好像也并不令人敬佩呀。”炫次郎冷笑。不知为什么，似乎涌起了一股天不怕地不怕的情绪。

“当然吧，因为对藩中尽人皆知的流言不能置之不问。”

“要怎样？”

“解除婚约，哪怕嫁不出去，也不能把妹妹嫁到干那种淫乱事的人家。记住，从今往后两家就没有关系了。”

“知道了。”炫次郎点头，“没有别的事我就走了。”

“等等！”麻之助厉声叫住正要转身的炫次郎，“就这么吹了婚事，倒霉的妹妹抬不起头来。我要把你的丑行上报。”

“那不行。”

炫次郎慢慢转向麻之助，踏出一步，手按刀柄。

解除和奈津的婚约可以，人们在背后戳手指也无可奈何，但必须防止和卯女两个人之间的事暴露在光天化日之下。那是在黑暗中发光的东西，不能见太阳。

这个人说要那么干，就只有杀了他。这么想时炫次郎仿佛看见了迄今发生的事情的全貌，那就是这样毁灭而结束。没有这个毁灭，和卯女之间的事情就不会终结。

炫次郎用冷静的声音说：

“不能干那种事，石栗麻之助。”

“要用刀强迫吗！”

麻之助说，踢掉脚上穿的，迅速后退了数步。大概他也憋了一肚子气，要用刀说话。一旦要摆出拼命的架势就没有踌躇了。当二人拔刀相向时，五间川岸边夜色弥漫。

片刻之后炫次郎回到家，慌张进来就直奔后面的起居间。看见他那副非同寻常的样子，卯女跟过来。

“怎么啦？”

“我马上出远门。”炫次郎慌忙把东西塞进行囊，头也不回地说。

“为什么，急急忙忙的？”

“杀了人。”

卯女倒吸了一口气。

“谁？”

“对手是石栗麻之助。”

卯女听了，转身出了屋。炫次郎来到门口，穿护腿和草鞋，卯女把包在竹叶里的饭团子装到行囊里，把一包钱塞进弯着腰的炫次郎怀中。

炫次郎系草鞋带，卯女在他身后跪坐，握起双手放在腿上，低声说：

“我知道早晚有这一天。”

“……”

“可是，不想离开你，再过一天，再过一天，就这么度过了。”

“……”

“你认为被坏女人纠缠，恨我吧？”

“对，全都怪嫂子呀。”

炫次郎系好草鞋站起来，这么说，但转向卯女的脸在微笑。他把双手搭在卯女肩头，低语：

“我从来没思恋石栗家的奈津，我思恋的只有你，并不后悔。”

他像往上拔一样抱住卯女，泪水从卯女眼里溢出来。炫次郎吮吸那眼泪。

“要活着，在一个什么地方。”卯女梦呓般嘀咕，“你要是死了，我也就不活了。”

支撑身体的男人臂膊忽地抽走，卯女便瘫倒在地。她睁开眼睛，跪着伸直腰往外看，眼里只映进一片门外的黑暗。

五

“曾根出城镇，已查清是昨晚九点前后。”本月值班的家老千田赖母说，“可能是趁夜赶到关卡附近，等早上出去了。关卡有三个，他出的是哪个，已派了人去查，中午之前就能知道。”

其他四个杀手立刻到齐了。听千田说了在家待命这句话，石丸兵马便离开家老宅邸。因为他还没有成家立业，所以由父亲弥五左卫门陪伴。

“这可是石丸家的荣誉，兵马，要好好干。”

来到外面，父亲嚷出了刚才一直憋在肚子里的话，但兵马心情复杂。

派人追捕脱藩者，一般都是从藩士中挑选杀手。兵马还不是藩士，被叫来受命指挥四个杀手行动，是一个破例。倘若人选是考虑到脱藩的曾根炫次郎在藩内乃名列五指之内的剑客，那就表明兵马的名声已如此之大，非抖擞精神不可了。

可是，对手是曾根炫次郎，这使兵马心绪黯然。那个傻瓜到底干了，兵马为此生气，又同情他只落个这样的结局。听家老讲事件时，兵马最初感到的是曾根命运凄惨。

父亲无从知道兵马的内心，还在嚷嚷。

“干得好，也许藩主给加俸呀，那可就容易找媳妇喽。”

“父亲，我先去了。”

“什么，喂，你小子去哪儿？”

“我去一趟武馆。”

但藩命是绝对的，不可违——

和父亲分手，兵马疾步往市子武馆走，心里这么想。

下定了决心之际，兵马的脑海里又呈现曾根刹那之间把自己的竹刀打落的招法——不败的绝技刈芦。这是被家老命令追捕，知道脱藩者是曾根炫次郎时，登时浮现脑际的。他感到那未知的刀法渐渐重压心头。

升起来的太阳开始照在街里的树梢上和前面耸立的千证寺的屋脊金属上，但路上静悄悄，没有人迹，唯有带有秋意的冷空气沉滞着。

推开小门走进去，武馆那边传来气沉丹田的呐喊。大概是师傅市子典左卫门在晨练。兵马一度往上房门口去，但又变了想法，走向武馆入口。

不出所料，在宽敞的武馆中央市子手握木刀摆出招式。兵马进了武馆，坐在入口的地板上。

市子应该觉察了，但没有回顾。他凝然摆出了一个兵马能看见侧脸的架式，但面对看不见的敌手，四肢无处不胀满了力量。从鬓角到下颌流下一道汗水，缠头巾下白发蓬散。

一声骇人的呐喊从市子口中迸出，武馆的空气震响。与看不见的敌手之间有数丈的间距，他一气冲上去，利落地劈下木刀。腰以上的架式纹丝不动，移步如滑动一般，全然不像是年过六十的老人。

从防备敌手反击的架式慢慢退步，然后向看不见的敌手肃然一礼，市子这才回头对兵马说：

“这么早，有什么事情吗？”

“是的，有件事要马上请教。”

“去那边吧。”解下缠头巾和束袖带，市子指了指住房那边。汗流满面。

市子的客厅朝向简素的庭园，园里只有些石头和杜鹃、黄杨、山茶等灌木。兵马讲完了奉命追捕的经纬时，早晨的阳光溜进了庭园。

“……”

市子只是听，听完的时候眼里好像有一道暗淡的光走过。好一阵子师徒默默对坐。从厨房那边传来市子的末女百合跟母亲说话的声音，她刚才端来了茶。那清亮的声音和兵马刚才讲的事情不协调。

“同室操戈？可那也没办法吧。”

市子嘀咕，随即毅然摇摇头，用锐利的目光看着兵马。他身材矮小，脸上光润，下颌蓄的胡须短而白，一看像是一个慈祥的好老头，但眼光是地地道道的剑客的。

“下文呢？”

“想斗胆问问不该问的事，刈芦是什么样的招数。”

“嗯，问这个是很自然的。”市子说，脸上似乎掠过难色。他这么说了一句，便茫然眺望庭园。兵马鼓足勇气说：

“不知道是什么样的绝招，交手恐怕我不会取胜。既然是秘剑，我不求您传授，但若能明示是怎样的刀法，我就自己琢磨破曾根的招数。”

“刀法刈芦嘛……”市子收回眼光看着兵马。脸上明显露出了苦涩的表情，杀与被杀都是自己的弟子，这个念头很沉重。“刈芦，使交锋的刀尽折。”

“折？”

“从刀根上折断。说它不败，就是这一点。”

兵马顿时又想起曾根炫次郎把竹刀打落在地的刀法。那就是刈芦，看来这个直感没太离谱，可想而知，真刀会劈进更深处。

兵马突然感到一阵寒气。可是，真刀能那么容易折吗？

“石丸，去武馆。”

市子轻捷地站起身，说。来到武馆，市子给兵马的不是竹刀，而是木刀，他自己也拿木刀摆出架式。

“好，劈过来。”

兵马听了，放开胆子前冲劈面。市子并不退后，当啷一声格开了兵马的木刀。兵马闪开，要重新稳固架式时，市子的身体冲过来。木刀再次相击，这时沉闷一响，兵马的手倏地轻了。距手握之处一寸，刀身折断而飞。

“就这样。”收住刀势，无力地垂下木刀，市子有点疲惫地说。

“谢谢。”

兵马深施一礼，收拾了折断的木刀，便朝武馆入口走去。已经败给了曾根炫次郎似的沉重的失败感打垮了他。

杀手有五人。但曾根被传授的是如此绝技，恐怕五个杀手也难以杀掉他。兵马要走出武馆时，市子从远处说：

“刈芦不是不败的，四天派之中就有破它的招法。”

兵马回头，市子典左卫门正快步从武馆离去。曲着背，老态龙钟。

六

摸清了脱藩的曾根炫次郎藏身之处是翌年十月末。追查踪迹费时一年有余。

曾根前往江户，所经关卡、旅次，一路追踪都摸得一清二楚，但进了江户以后就抓不到线索了，下落不明。

石丸兵马等五名追捕曾根的杀手在本藩驻江户的宅邸落了脚，立即四处搜寻。藩邸也派出数人，其中有一个年轻的杂役，找到了曾根的住处。

曾根来到江户，应该很快就没钱了。于是像挤虱子一样一个挨一个地查找街上的武馆，因为他可能钻进武馆里帮工。接着是悄悄查找各藩驻江户宅邸、将军下属的宅邸等，打探最近有没有雇人。但一年零三个月之后找到的曾根却是在江户之外的小梅村租了一栋百姓家。在那里靠什么吃饭，找到下落的杂役也不清楚。

曾根的住处立即被监视。这期间派人火速回藩，叫来了因事返乡的两个杀手。

人数到齐，十一月五日兵马等五名杀手急奔小梅村。监视人之一到村外迎接。

“曾根过了晌午出去了，家里空着。一会儿就会回来吧。”

监视人说。驻江户宅邸派出三人监视，他们借了小寺院的本堂，能清楚看见曾根的住处，从那里监视他出入。

兵马等人也进了本堂，在这里系紧了缠头巾和束袖带，等候曾根回来。树叶掉光了，穿过疏疏落落的百姓屋，道路清楚可见。张望着日暮之前的澄明阳光照亮的道路，兵马按捺着不时昂奋的情绪。

与亲密的同门交手的沉重依然留在心中，但等待之间，这种心情逐渐淡薄，头脑完全被能否顺利地完成藩命的思虑占据了。

曾根炫次郎在那条路上现身是翌日早晨。兵马被摇醒时晨光已照进狭窄的本堂。

“来啦。”

年轻的杂役在兵马旁边屈膝小声说，声音颤抖。兵马忽地挺起身。曾根夜里也没回来，所以过了十点轮流打盹。被叫醒的只是最后睡的兵马，其他人都已经起来了，从本堂侧面的廊下窥视外面。那里有一排采光的格子窗。兵马打了冷战，站起来就到廊下窥望。

一个男人慢慢从对面的路上走来。是曾根炫次郎。额上长出了头发，衣着不整，但那张脸瘦削白皙，远远看去就知道是他。大概冷，脖子上围了围巾似的东西，捂着下巴。

谁的上下牙在打架。本堂里也冷，但那声音好像不是因为冷，而是撑不住决斗将临的紧张。

兵马看了看旁边的几个人。他们在藩里被视为高手，眼睛瞪得目眦欲裂，惨白了嘴唇注视外面。

“上！”

兵马对他们说，从本堂正面走出来。负责监视的人留在里面，四个人跟在兵马身后。

曾根炫次郎就要拐向住处时发现了兵马等人。他不拐过树篱，站住，望着靠近的几个人。

“噢，是石丸吗？”到了近前，炫次郎说，露出白牙，“杀手是你吗？可见上头也有识人的眼光。”

“在这里动手吗？”兵马说。

炫次郎面貌大变，令他吃了一惊。面黄肌瘦，眼睛下面像病人似的发黑，皮肤枯槁，眼光阴惨，冷冷地看着兵马。

刚才远远眺望时认为是曾根炫次郎无疑，但近处相对，却觉得简直是另一个人。

“不，”不知是否觉察了兵马的心绪，炫次郎无精打采地说，“这里狭窄，回寺庙去。”

听了这句话，兵马身后的四个人转身一齐往寺庙跑。只有兵马面朝炫次郎一步步往后退。

“用不着那么提防。”

炫次郎嘲讽似的说，但兵马只略微点点头，十分谨慎地一点点倒退。他知道，暴露后背，炫次郎就会顿起杀意。看着兵马的脚步，炫次郎慢慢上前，并揪下围巾丢掉。以为是围巾，原来是女人的桃色围腰布。

倒蛮有办法——兵马看在眼里，突然想。

炫次郎好像看破他这一瞬间走神，拔刀便砍了过来。兵马随即飞快拔刀，奔进寺庙的院子内。他隐隐闻到了酒味，明白了炫次郎现今的生活。

令人眼花缭乱的格斗开始了，却无法劈倒炫次郎，反而一人又一人挨刀。市子武馆高手的刀技丝毫不衰。

挨刀的二人在地上滚爬，更增加了格斗的惨烈。兵马引诱。炫次郎被惹得猛然踏进时，杀手山崎从侧面砍来一刀。

好！

兵马刚这么想，便听到异样的声音，仿佛打碎了陶器，尖锐刺耳。紧接着看见山崎的刀从护手处折断，被砍断肩膀的身体爆裂似的往后倒下。

刈芦——

兵马溜溜后退，拉大了间隔，然后慢慢进前。还剩一个叫臼杵的年轻藩士，兵马后退时也跟着退，却不再靠前。看来是害怕了，只是远远地拿着刀。

兵马一点点移步向前。炫次郎屹然挺立，见兵马缩短间隔，便略微后退，牢牢踏地。刀尖指向对手的眉心，一开始就是这个架式，滴水不漏。

呼吸一致，二人同时踏进。又响起刺耳的声音，兵马的刀断为两截。就在这一瞬间，兵马胖胖的身躯一跃而起。被炫次郎折刀的同时，他拔出先已打开鞘口的短刀，向炫次郎的脖子挥出夺命的一击。

炫次郎的刀横砍擦身而过的兵马躯体，可是刀尖远了一点点，只砍到衣袖和束袖带。炫次郎借交错的势头向前跑了几步，然后在那里站住，扭头看兵马，屈膝横倒在地。

被师傅最后的一句话救了——

返回来俯看炫次郎的尸体，兵马擦拭额头的汗水，心想。四天派里有使用双刀的刀法。想到这一点时，兵马找到破炫次郎绝招的招法。

炫次郎的死相是安详的，略微张开的唇边露出白牙，像是要对破了刈芦秘剑的兵马笑笑。

石丸兵马回到藩里，得知在诛杀曾根炫次郎的快报送达藩府的晚上，已返回娘家的卯女自裁了。这个消息比放倒炫次郎更教兵马黯然神伤。

宿命剑鬼奔

一

一声响动，好像门倒了，随后响起非同寻常的叫喊。那是随从宗助的声音。方向不是客人出入的玄关，而是有土地房间的偏门。那里有随从室。

宗助的声音传到退居在家的小关十太夫的耳朵里。

俸禄二百石的小关家本来是八十坪的宽敞宅邸，十太夫当大监察那几年，在西北角又盖了两间，用来接人办公。

两年前十太夫从大监察的职位上退下来，把家业让给长子鹤之丞，这两间屋便当作自己闲居的房间。这里离偏门最远，但宗助的声音和紧接着家里人起来的动静他也听见了。

十太夫阖上废寝耽读的汉籍，抬起眼睛，侧耳静听。

他知道出了什么事。是去跟伊部带刀的儿子传七郎决斗的鹤之丞回来了。清晨三点左右，十太夫听见鹤之丞悄悄从宅邸出去的动静。返了回来，看来是决斗取胜，即使受了伤。

偏门的骚动大起来。传来次子千满太的声音，好像在申斥谁。而且，走廊上一溜小跑的脚步声过来了。脚步在纸屏外停住，问醒了没有。是妻子浅尾的声音。

十太夫说可以进来，浅尾便慌忙拉开纸屏。她面无血色。

“鹤之丞他……”

“我知道。”

“……”

“是去决斗了。”

“可，您……”

不顾说不出话来的浅尾，十太夫吹了灯，来到走廊上。大约时间是早上五点多。那个时辰的青白色晨曦飘浮在走廊上。

十太夫迈步，坐在走廊上的浅尾好像一下子吐出淤积的沉默，冲他背后说：

“为什么不告诉我，鹤之丞不是你一个人的孩子呀。”

“伤重吗？”

“那孩子死了。”

刀砍斧劈般可怕的声音。十太夫驻足回头。浅尾瘫坐在地板上，一动不动地盯着十太夫，头发散乱，只目光灼灼，那样子简直像疯了。十太夫想说一句别心慌，但咽了回去，默默掉转身。

鹤之丞的遗体被搬进饭厅。宗助和女佣阿六坐在走廊上哭。遗体旁边围着鹤之丞的妻子卯女，次子千满太，千满太的妹妹美根。卯女和千满太要从遗体上解下浸血的缠头巾和束袖带。缠头巾、束袖带都湿了，打结处变硬，二人费了很大的力气。

十太夫站着看了遗体一眼，就到佛坛前拿起被放在那里的鹤之丞的刀，抽出鞘。激烈交锋的痕迹留在刀身上。刃缺了，刀身沾着血，柄也浸透血。

“对手是谁？”千满太回头问，声音和脸色都露出敌意。

“伊部的儿子。”

“是平常的决斗吗？”

“他是那么说的。”

十太夫说，这才在遗体旁坐下，并且用眼睛数伤口。伤口非常多，身上穿的衣服都成了褴褛。从砍破的地方渗出来的血浸染了周围，已开始变干。可能在回家的路上，大半血从体内流失了。

十太夫轻轻抚摸死者苍白的额头低语：

“可见你尽了死力，传七郎也不会活着。”

十太夫想到了一个人，此刻也许正赶到决斗的场所柳马场，抚摸已死去的儿子的额头。千满太也好像明白了父亲低语的意思，神色一动，垂下头。

鹤之丞昨天傍晚从藩府执勤回来就说了决斗的事。

十太夫问原因，他微微一笑，只说是武士的意气。鹤之丞是颀长白皙的美男子，极端地沉默寡言，但不是轻举妄动的人。听说对手是伊部带刀的儿子，十太夫为之震动，但也没多问。

鹤之丞是小关家的户主，本人应十分清楚这一点，所以十太夫对他做出的决断不打算多嘴。

况且，尽管伊部传七郎在藩中以剑术闻名，而鹤之丞也是在过去十太夫练武的面影坊的岸本武馆数一数二的剑士，不会轻易甘居人后。

看来结果是打个平手，就像年轻时自己跟带刀比武难分高低一样。十太夫抬头对妻子和女儿说：

“把鹤之丞搬到后面，去铺好被褥。”

“是，我去……”卯女说，要站起来却一下子摇摇晃晃。

卯女是容貌美得夺人眼目的媳妇，但弱不禁风，这使她身上更笼罩了一层虚幻无常的美。皮肤薄薄的，好似透出了血色。嫁进小关家将近四年了，没生孩子，大家都觉得是身体过于纤弱的缘故。

丈夫的猝死给卯女当头一棒，就在要瘫倒在榻榻米上的瞬间，千满太伸出粗壮的手臂扶住她。

卯女要推开千满太的手臂自己站立，却站不起来，苍白的额头渗出汗来。

“好了，卯女回屋里歇一会儿吧。”

十太夫说，让美根照顾她。然后吩咐宗助：去圆德寺请住持劳步，不要说什么事。小关家的气氛登时忙乱起来。

这时候，晚夏的朝阳穿过宅院树木的缝隙唰地照进小关家，但这个家在阳光中却始终显得晦暗不祥。

两刻之后，十太夫在门口送走了悄悄做完供养的家庙住持铁明和尚，返回闲居的房间。

以前用作办公室，所以这里有洗涤间，角落有厕所。他先到洗涤间剃了胡须，然后进屋里换衣服。

这时浅尾走进来。她跪坐在入口处，看着换衣服的丈夫，并不站过来帮忙。

几年前十太夫还当大监察时在街里有了别室，是商人家的年轻女人，叫留衣。从那时起夫妻之间静静地产生龟裂。浅尾本来是冷静柔和的女人，自从知道此事以后说话就时常像刀子，一点点远离了丈夫身边。

留衣两年前病故，十太夫不再去妾宅，但夫妻之间没有和好如初。或许浅尾的忌妒因失去了对象而无处发泄，反而在心里固结了。二人的关系比以前更冷漠。

住在同一个家里，夫妻几乎各过各的。有的日子里，没有事就照面也不说话。妻子望着换衣服的丈夫的冷眼，表露出平日夫妇关系的荒芜，即使是失去孩子的早晨也不能相依相偎。

等十太夫穿好套裤，浅尾才开口：

“要去哪里吗？”

“去藩府。”

“……”

“鹤之丞的死因保密，要呈报病故。由千满太继承这个家，也要办手续。鹤之丞说了，如发生万一，就这么办。”

“鹤之丞和您……”浅尾仰起脸，“都商量到这个地步吗？对我却一句都没说。”

“呈报之前……”十太夫不理会妻子带刺儿的语气，补充说：“我要去见一下能势大人，他能给妥善处理吧。”

十太夫说出了次席家老的名字，但浅尾好像没听见一样，又恢复了呆滞的表情。

“那孩子怎么办？”

“……？”

“我是说卯女。”

“卯女没孩子，又那样一身病，等家里消停了，只好让娘家领回去。”

“真可怜。”浅尾嘀咕，然后就用嘀咕似的声音继续说：“鹤之丞为什么去决斗？您知道原因吗？”

“他没说原因。”

“那竟让他去了？”浅尾的声音带着一种黏性的纠缠，“要是跟我说了，我决不让他去决斗。”

糊涂虫！十太夫在心里不以为然。鹤之丞是具有判断能力的二十五岁的男人，并且是小关家的户主，哪怕母亲哭着阻拦，也不会取消一旦说定的决斗。

浅尾不明白这种事，到什么时候都以为孩子就是孩子，在这种心理中有时好像还掺杂了对待幼儿似的感情。

自从鹤之丞娶了卯女，浅尾确实控制了露骨的干预，可是对千满太和美根依然不撒手。十太夫觉察，孩子们表面上恭恭敬敬地听着，内心却厌烦母亲干涉。性格有些粗鲁的千满太时常一声不吭，抬腿就走了。浅尾并非愚钝，却看不见孩子已长大成人，十太夫有时甚至觉得很可怕。

然而，今早的浅尾仿佛一下子老了四五岁。平常总要比四十二岁的年龄看着年轻的光润的肌肤现在像出了一层霜，混浊不透明。长脸上细碎的皱纹很明显，简直像老太婆一样弓着背坐在那里。

“我不是不理解你的心情，但事情已经过去了，死了心吧。”

“……”

“男人在外面有女人不懂的生活。为了保住自己的面子，甚至不得不拼命。”

“从过去就一直这么说，什么男人的事女人不懂。”

“……”

十太夫突然想，这个女人嫁过来时是多大岁数来着？是十七岁。

“所以，鹤之丞也死了，你就说死了心吧？”

“……”

“对您早就死心了，这回对孩子也必须死了心吗？”

“但人死了不能复活。鹤之丞贯彻了武士的意气，而且胜利了。”

“可那孩子死了呀。”

十太夫默默站起来。以为浅尾还要说什么，但她闭上了嘴。

来到走廊上，香气扑鼻。那是丧事之家特有的香气。十太夫不走正门，从偏门出去。火烧火燎的阳光蓦地倾泻在头上。

二

葬礼结束，鹤之丞的遗骸埋入墓地之后，该回去的人都回去了，只剩下小关家的男人和极近的亲戚四五人返回住持宿舍，寺庙的人待茶。

“父亲，请过来一下。”

迟到的千满太蹲踞在房间入口，招呼十太夫。以为在那里就说完事，千满太却匆匆走在前头，穿过走廊，进了本堂。

千满太回过头，用责怪的表情说：

“传七郎还活着呀！”

十太夫默默回看千满太。

“而且有可疑之处：昨天凤传寺，今天万岳寺，两处有丧葬。猝死的是近侍队的津川春藏，还有营造队的平田的次子孙三郎，二人可都是伊部传七郎的走卒。”

“且慢，不要随便说。”

十太夫赶紧说，但心中波涛起伏。已经明白了千满太想要说什么，他是怀疑伊部传七郎有帮手。两个帮手被杀，传七郎活着。

帮手？

鹤之丞明知有帮手仍然去决斗的吗？

“不，没听说这种事。”十太夫瞪着千满太说，但发觉千满太正在用畏惧的眼睛看着自己，便放低声音，问道：“这种事你听谁说的？”

“刚才听户来次之进说的，他来送葬。”

户来次之进在骑卫队当差，和鹤之丞是岸本武馆的同门，他不是那种无中生有到处传闲话的人。

“好，今晚把户来叫来，偷偷地。”十太夫说，又叮嘱这件事不要对外声张。二人装作什么事都没有的样子回到住持房间。

十太夫当晚见了户来。从户来嘴里确认了千满太听说的事，就打发宗助去大监察属下的杉户作之助家。杉户是十太夫当大监察时关照过的人，心眼灵活，善于侦查。跟宗助一起来的杉户被领进闲居的房间，十太夫和他两个人密谈到深夜。

三天后的夜里，杉户悄悄来小关家。是用头巾遮住脸来的。

“调查了，可以认为有可疑之处。”

杉户是一个非常冷静的人，淡淡地说。十太夫和在座的千满太对视了一下。

杉户派自家的男仆向津川和平田两家的仆人探听情况，同时自己去两家的家庙凤传寺和万岳寺查问。得知两人都死于刀伤，男仆还探听到津川和平田两家在鹤之丞死去的同一天早上去五间川岸边的柳马场取回了尸体。

“另外，那天早上，祢宜坊的外科医生本多被叫到伊部宅邸，为伊部传七郎疗伤。听说伊部宅邸嘱咐本多不要把此事说出去。”

十太夫和千满太再次互相看了看。杉户的调查很充足。鹤之丞以为是一对一的决斗，但等着他的敌手是三人。伊部传七郎是事到临头胆怯了才找来帮手，还是当初就预谋暗算呢？不管怎样，都只能认为是出于与武士不相称的卑怯。

“就三个人吗？”十太夫浮想着鹤之丞拖着被砍得遍体鳞伤的身子挨到家里的情形，对千满太说，“没听说有其他人吗？”

“好像再没有。”千满太说，脸色苍白，两眼僵直。他一生气就脸色发白。心里一定翻卷着怒涛。“打算怎么办，父亲？”

“唔，”十太夫神情沉重地说，“总之，必须去找伊部打招呼，由我去，你不要参与。”

由于次席家老能势的斡旋，决斗的事被瞒住。葬礼那天藩府下来了许可，千满太继承家业。

“说句瞎操心的话，”杉户用沉静的声音插话，“津川春藏、平田孙三郎都呈报病故被认可。平田还没有成家立业，没什么大碍，而津川因为是病故，五岁的孩子才得以继承，所以，要是决斗之事公开，津川家就难办了。总而言之……”杉户一副作为大监察属下应有的郑重，“虽然有情绪，但小心别做出会在镇上引起骚动的行为。”

“我明白，不必担心，绝不会杀进伊部宅邸，我也不想毁了这个家。”

十太夫苦笑。杉户刚过三十岁，但是从年轻的时候就像现在这样老成持重，十太夫因此才觉得他性格好。

三

跨进伊部带刀宅邸的院门，十太夫颇有感慨地环视了一下周围。

在岸本武馆跟带刀同门的十太夫从小到二十多岁经常来这个大宅院。巨大的建筑，进院门右边引人注目的庭园，好像和那时没多大变化，不禁引起他感慨。

好久没来了——

他暗想，不由得转向庭园。不来伊部宅邸已经有二十多年了。岂但不来，致仕之前的数年，十太夫作为大监察与站在政敌立场的伊部带刀简直是你死我活地争斗。这是十太夫提前致仕的原因之一，但单就争斗来说，他战胜了伊部，感慨系之。伊部是藩内出了名的阴谋家，现在无能为力，砍掉他手脚的就是十太夫。

与伊部争斗是近年的事情，十太夫始终认为这是身为大监察所不可避免的，但现在重访伊部宅邸，站在熟悉的庭园角落里，似乎又涌起了另外的想法。二人的对立并非始于近年，那之前有很长的疏远岁月。

从什么时候断绝来往的呢——

十太夫隔着遥远的岁月探寻对立的萌芽。

伊部宅邸的庭园大得惊人，石头很漂亮。唐物坊位于藩主城池的正面，家臣的宅邸一家挨一家，整个地形呈缓坡状，伊部宅邸坐落在坡下。庭园深处像绝壁一样摆放了一块块石头，仿佛是开掘斜坡时从土中露出来的天然石头，其实大概是庭园工匠从外面搬来的。石头上长了青苔，缝隙间羊齿草茂密，无异于山间岩石。

水从崖上引下来，在树木和巨石遮掩的地方发出瀑布的声响。溢出来的水不断地打湿石头，背后是松树、小橡树丛生的昏暗的树林。石头也巧妙地配置在广阔的池塘周围，把整个池塘造成了深山间的水潭。在十太夫眼下，露出黑脊背的大鲤鱼用尾鳍击一下水面，沉入混浊的水底。

目送日光一闪的鱼鳞，十太夫想起了遥远的过去，想起互相争夺的姑娘，想起为争夺受传秘剑鬼奔而比武，直杀得天昏地暗。也许他们的疏远就是在发生这些事之后。或者更早些，从二人发现了彼此身份的不同时就开始了。

“是小关吗？真少见啊。”

身后响起粗声粗气。十太夫回头，伊部带刀站在外走廊上。他比十太夫年长一岁，应该才五十，头上却黑漆漆地结了老人发型。发型、下巴蓄的胡须、肥壮的身躯、锐利的眼睛，哪里都像是所谓藩政黑幕的人物。

带刀在微笑。旁边跪着一个家士，大概他发现十太夫，通报给主人。带刀俯身说了什么，让家士去里面，就又把笑脸转向十太夫。

“这个园子好久没看了吧？”

“是啊，好久没看过了。”

“小时候我们两个经常跑来跑去，还记得你从那块石头上掉进池塘吗？”

带刀指了指后面一块伸进池塘的细长的平石。

“记得呀。”

“茫茫三十年啦，三十年。”

“我刚才也在这么想。”十太夫转回身，直视伊部，“但今天不是来怀旧的。”

“我知道。”带刀说，眼睛里还留着笑意，“好，上来吧。”

十太夫要返回正门口，但带刀制止，说就从这里上来吧。十太夫踩着铺石上了外走廊。

带刀不是把十太夫让进客厅，而是领进了自己的书房。桌案旁边堆着一大堆书籍，从圆窗能看见庭园一角。传来瀑布落入池塘的声响。

“我正在读《古谭拾遗》。”

《古谭拾遗》是二十来年前故去的藩士小野甚兵卫光显编撰的这一带的风土记。

小野长年担任职司庶政的郡奉行，走遍藩内，仔细寻访古文献，收集古老传说，并勘查实地，详加记述，退职后进一步修订，编成厚厚二十卷风土记。

“因为我也托你的福，无所事事啦，连这种东西也能读了。”

“那好极了。”十太夫不理会伊部的讥讽，啜了一口另一个年轻家士端来的茶。然后敛容，喘一口气说：“知道我来做什么吧？”

“唔。”伊部用鼻音应了一声，“是儿子们干的决斗吧。干了没规矩的事。你儿子很可惜。”

“且慢！”十太夫厉声打断，“我不是来惋惜儿子，本来要是正常的决斗，我不会来见你。”

“噢，”伊部不为十太夫已不顾身份的激烈语气所动，用冷静的眼光盯着他，“决斗有什么问题吗？”

“问题是明摆着的。我过去也一直拿你的装糊涂没辙，但这次要弄清楚。”

“哼，你说什么！”伊部把头扭向一边，再转过来时又冷冷一笑，“有怨言就说，凭我和你的关系，不必客气。”

“跟我儿子的葬礼前后脚，近侍队的津川和营造队的平田两家也出殡，死的是津川春藏和平田孙三郎。”

“唔，你接着说。”

“听说津田和平田是你儿子的喽啰，你应该认识吧。”

“呵，不认识。”

“不认识也罢，总之，二人是传七郎的喽啰，在藩士当中是人所共知的事实。这两个人都猝死，就在我儿子和传七郎决斗的夜里，这就足以为证。”

“我本以为你已经不是大监察了，看来是听错了。”伊部讽刺，脸色依然不变，“那又怎么样？”

“这二人是你儿子传七郎的帮手。”

“呵，你怎么知道？”伊部坦然说，“或许那两个人另有原因也进行了决斗呢？”

“这样也太强词夺理啦，小三郎。”十太郎叫出了伊部带刀年轻时候的名字，“我不是说已经抓住了证据吗，甚至连津川、平田家里人那天早上到五间川边上的柳马场拉回尸体都抓到了。柳马场是儿子他们约定决斗的场所。你的狡辩没有用啊。”

“……”

“我儿子出家门时说跟伊部传七郎决斗，做梦也想不到埋伏了帮手。你儿子干了卑怯之事。”

“可是，”伊部把眼睛盯着圆窗中的庭园景色说，“也可以认为，津川和另一个叫什么的，两个人事先没跟我儿子打招呼，为尽忠杀了鹤之丞。”

“那为什么不制止？”十太夫激愤地说，“那样的话，你儿子应该挺身制止那两个人。传七郎不是没那么做吗！他不可能那么做！”十太夫抓住膝头，向前探出被激愤涨红的脸，像猴子一样露出牙齿，“明白无误，一开始就找了津川和平田助阵，证据是这两个人跟我儿子确确实实交锋了。”

“……”

“且慢，且慢，”十太夫突然缩回了下巴，盯住伊部带刀，“对了，帮手是你派的吧，伊部？”

“你说什么？”

“哼，顾惜独生子的性命，你这么干了吧？原来如此，你会干这种事的！”

“胡说八道！”

伊部大喝一声，但脸上既没有狼狈之色，也没有怒气。他满不在乎地冷笑。“那么呢？你说要怎么办，十太夫？”

“让传七郎剖腹！”十太夫咆哮。声音应该响遍了整个宅邸，但伊部的大宅院阒然无声。“那就不再追究这次的事情。”

“哼，我要说不愿意呢？”伊部的声音冷冰冰的。

“你不愿意，那就把这次事情从头到尾公之于众，报告给大监察裁决。”

“你知道这么干会是什么后果吗？”

“当然知道。”

“家就要毁啦。不光你家，还有津川家，平田家。”

“如果事情弄清了，津川家，平田家，即便受到惩处也不会毁。触犯私斗之禁而毁掉的只是你家和我家。跟一千石玉石俱焚，毁了我也不后悔。”

伊部带刀死死地注视十太夫，但那张脸的后面慢慢渗出笑。他倾身拿起茶碗，茶碗已被喝空。把空碗在掌中来回转，从十太夫身上移开目光，低声笑起来。

十太夫用可怕的眼神看着伊部笑着的侧脸。伊部终于放下空碗，叫了一声小关。

“我家不会毁，假设你说的事情调查明白了，毁的就只是你家。”

“……”

“即使处分我家，那，顶多是闭门思过，时间也不会长。”伊部傲然挺起胸。

“一千石岂能一石都不少！你不是看不出这点事的人，看来是昏了头！”

四

香信尼在本堂前面焚烧落叶。小小的尼庵，身穿墨染的衣裳、头上包着白布的尼僧也小小的。本来就是体态娇小的人，十太夫想。

香信尼用带子束起衣袖，起劲地挥动扫帚。因为袖子系了上去，露出双臂。在偏西的日照中，胳膊显得白白润润。

十太夫驻足，是因为看见了裸臂。发觉看见了不该搭眼的东西，在门外站住了，但也不能总站着发愣，他咳了一声，进了门。

于是香信尼回头看十太夫。丢下扫帚，赶忙解下带子，好像完全没觉察已经被十太夫看见。她走过来三两步，迎接十太夫。

“好久不见了。”

“唔。”十太夫点头上前，把手伸到篝火上，“有半年没来啦。”

“那么长时间了吗？”香信尼说了，垂眼低声，“听圆德寺的师父说了噩耗。”

圆德寺是铁明和尚的寺庙，小关家坟地所在，香信尼也曾在那里修行。她抬起眼睛，注视着十太夫，用俗世女人的口吻说：

“真够倒霉的。”

“事出意外，但已经过去了。”十太夫说。

“听说是跟伊部大人的儿子决斗。”

“是啊，所以我今天去了伊部家，就是从那里回来。”

“伊部大人家？”

香信尼蹙眉。应该四十已过了三四，但面容很年轻。皮肤细润，眸子像女孩一样清澈，那双眼睛里蕴含着无忧无虑的光彩。

她回顾了一下简直算不上宿舍的简素住处。

“不去坐坐吗？”

“不，就在这里吧。”

十太夫说，长叹了一声。把手伸在火上，眺望四周。从唐物坊到藩府的正门是缓缓隆起的坡地，绕到府城背后便明显形成了略高的山丘。纵目远望，南北走向画出一条蛾眉似的优美山脊，南端塌陷，埋进远离城下的杂木林中。这座尼庵在寺坊边上，就靠近山丘的南端。

后面是灌木掩映的低矮山丘，旁边接着是混有松、杉的广阔的杂木林。杂木林也侵入尼庵境内，粗大的榉、杉、野茉莉等环绕着小巧的尼庵和住居。街上的声音传不到这里。

“真静啊。”十太夫侧耳倾听小鸟在林中啁啾，“鸟在叫。”

“是黄雀吧。”香信尼也转向树林，“今年落叶早，已经要秋天了。”

“满寿住在这种地方，真叫人羡慕。”

十太夫叫出尼僧的俗名。香信尼盯着他，问道：

“跟伊部大人说了些什么？”

“决斗有可疑之处。不是正常的决斗，伊部的儿子带了帮手。”

“啊呀！”香信尼瞪眼抚胸，“后来呢？”

“所以我去跟他谈判。”

“谈判什么？”

“那个儿子，伊部的儿子，叫传七郎，让他剖腹。”

“……”

香信尼用强烈责备的目光看着十太夫。

“可能你觉得我说得血腥，但我们有这个家就是靠这种较真，不可能像你那样在尘世之外虔诚修行。”

“那倒是，可……”香信尼低声说，“小关大人的脾气一如既往啊。那么，伊部大人说什么？”

“那个老狐狸，说岂能让我儿子剖腹。”十太夫说，“所以我威胁说，那就把事情捅到藩府，但他丝毫不为所动。不知从什么时候变得那么狂妄，脸皮厚得很，我唯有惊诧而已。”

“年轻的时候可简直是懦弱的人啊。”

“什么，懦弱？很有点狂妄性格，对你也那样嘛。”

香信尼从十太夫身上挪开目光，脸不像空门之人似的涨红了。

她是担任队长的间崎弥右卫门的女儿，十八岁遁入佛门。那一年母亲病故是发心的动机，本人这么说，间崎家的人也对四邻这么解释，但世间另有传言。

满寿的兄长间崎兵之进跟十太夫，还有当时叫小三郎的伊部带刀，是岸本武馆的同门弟子。满寿长得美，十六岁时十太夫和伊部前后脚向她求婚。当然一开始是通过媒人，但后来二人动不动借口找兵之进而登门，这股热心劲儿在藩士当中传为佳话。

藩士里也有人说长道短。从男人风度来说两人是半斤八两，刀法上小关略胜一筹，但要说门第，小关就一败涂地。云云。传得颇有趣。

十太夫后来当到大监察，俸禄增加到二百石，但当时是俸禄一百五十石的普通藩士的儿子。而伊部家与藩主家血脉相连，曾祖父出自藩主家，被授予一千石，另立门户。虽然没有职务，但代代在藩内操纵潜在的势力，特别是伊部的祖父，喜好政治，没有职位却实际执当时藩政的牛耳。这种血统后来就表现为伊部介入藩政。

在家世方面说十太夫一败涂地就是这回事。至于刀法胜出，这个评价是因为在那之前不久，小关十太夫被师傅岸本六郎右卫门传授了秘剑，叫鬼奔，据说是岸本独创的。

十太夫和伊部在教授去水派武功的岸本武馆一直被称作龙虎，都是让年轻藩士敬畏的一等一高手，但进行了那场壮烈得以至于被背地里议论纷纷的比武之后，十太夫受传了秘剑，龙虎并称就有了点差别。看热闹的年轻人猜测，满寿是取门第呢，还是取刀法。

不料，满寿哪个也不选，突然遁入佛门。名义是供养亡母，但很少有人相信这个说法。两个年轻人她不知选哪个好，只好选择了弃世之路。就像是很久很久以前的故事，在藩士中间悄悄流传了一阵子。

十太夫和伊部不死心，时常到尼庵找满寿，这个传闻给前面的故事增加了真实性。二人轮番去尼庵是事实，但那时满寿峻拒，不见他们。从四五年前才终于允许进尼庵院门，有时还请进庵室里喝茶。

香信尼说伊部懦弱，十太夫否定这句话，指的是年轻时的刀法高低之争，和围绕香信尼的这些纠葛。伊部堪称剑豪，膂力超人，即使跟满寿争执也寸步不让，只是因沉默寡言，便显得老实。

好像伊部现在也有时来尼庵，但那已经与恋情艳事无关，这一点十太夫能理解，他自己也是偶然兴起就会来这里。在香信尼身边，有一种不可思议的安宁。十太夫现在也觉得，为家事操劳，为藩务烦心时，这里能抚慰倦怠的心绪，如沐春风。

“伊部最近来过吗？”

突然想到了，十太夫便这样问。伊部被十太夫封杀了对藩政的干预以后应该是内心郁闷。

没有，香信尼摇摇头。

“只去年春天来过，快一年了。”

“是吗？”

“那，刚才说的事怎么解决呢？”

“你是说威胁伊部的事吗？”十太夫苦笑，“反倒被他威胁了。如果向藩府申诉，伊部家不会毁，但我家就毁了，他说的简直像无赖。嘻嘻地笑着，真叫人不舒服，可他说的没错。”

“……”

“我家毁了，两个帮伊部儿子的人的家也可能毁，因为已经报病故，办完继承了。而且，如他所言，只剩伊部家完好无损。这就不能申报。”

“……”

“气死我了。不想回家，就来你这儿了。”

“请忍耐，忍耐啊。”香信尼说。

太阳落到了山丘的灌木丛后面，尼庵的庭院里开始弥漫薄暮。背后杂木林里的黄雀不知什么时候停止了叫声。

香信尼看着十太夫，用劝解的口吻说：

“不要那么痛恨别人。”

以前与己有关的两个男人已临近老年却还在争斗不已，香信尼似感到悲哀，双眸黯然。

十太夫从香信尼手里拿过来扫帚，扫拢落叶，扫进火里。衰微的火又熊熊燃烧起来。

“你这么说，可是……”十太夫把扫帚还给香信尼，用坚定的语气说：“我觉得给传七郎找帮手是小三郎指使。那家伙，我当大监察的时候把他从藩政赶开了，怀恨在心。”

有一个叫川户的港口，现在那里住户超过六百家，藩府设置管理所，变成了热闹的港区，但原先是冷清的渔港。

镇上的富商山城屋吉兵卫看好这个渔港，修筑防波堤，又开辟险阻的丘陵，把道路通到城镇，建成了京都、大阪的商船可以驶入的良港。

山城屋为兴建川户港确实投入了莫大的私财，但是从港口装运的藩内物产增多，使用的货仓被他一手垄断，产生巨大的利润，早已捞回了所出费用。如今他拥有自己的船只，从京都、大阪远至江户来来往往，日进斗金。

跟山城屋合伙，下力开发川户港的是伊部带刀和前几年退了首席家老之职的早田权左卫门。合伙的步骤是山城屋先向伊部献策，伊部说动了家老。

扩建港口，当初是作为藩府的事业起步的。简直是改变地形的浩大工程，藩内动员、驱遣了好几百农民劳工。山城屋投入私财乃是在工程已见眉目之后。

工程顺利完成，过去的渔村变成了街镇，和京都、大阪的生意增加，藩库也滋润了。但更为滋润的是山城屋，而他偷偷进献的金钱让伊部和以首席家老为首的一些当权者腰包也大为滋润。

被船运夺走了货物，以前利用陆路的城镇批发商生意无利可图了。他们向藩府提出请愿，要求分割一直被山城屋一手把持的船货经营权，允许建货仓。藩府以山城屋开港有功为借口，把请愿搁置多年。除了山城屋之外，批发商在川户港区开设商店和货仓不过是近年的事。

十几年来，以伊部为中心，山城屋、首席家老早田勾结在一起操纵藩政。他们以扩建川户港的实绩为背景，近年连农政也采纳山城屋的献策，无理推行以他的商人算盘为基础的政策，招致赤石郡三十村揭竿而起，反抗开凿土山堰和实施新丈量法。

以次席家老能势忠次郎作后盾，小关十太夫曝光的就是以上这些事。在藩府的桔梗殿，把藩府一分为二的两派势力早田派与能势派在藩主面前展开了紧张的对决，那时发挥作用的是十太夫的调查。

以伊部为黑幕的早田派垮台，现在藩政的中心人物是次席家老能势。

“但那是公事之争吧。”香信尼说，“伊部大人为此而恨您，我觉得没道理。”

“伊部可分不清，不会那么想。”

香信尼微微耸了耸肩。这个动作像是表示不明白，又像是对男人们的争斗感到害怕。

“哎呀，冷起来了。”十太夫惊醒似的说，“你进屋吧，我也要回家了。”

十太夫声音温存。黑暗开始笼罩四周。他踩踏已微弱的篝火，忽地冒起一股火焰，使香信尼的白皙面庞浮现了一下。

五

有一个潭，只知道叫青潭。潭很深，看上去青幽幽，以致最初发现它的人立刻给起了这个名字。面积并不大，甚至有时能看见对岸溅起小水花的水鸟。

鸟可能是黑水鸡，或者是夏季也不迁徙的野鸭子。四月半的阳光亮得耀眼，但这一带踏进山里还能看见谷间残留的积雪。明亮的阳光中混杂着一线寒冷。在那阳光下，对岸的芦苇中黑色的鸟不时溅起飞沫。

十太夫在潭边垂钓。背上披着熊皮坎肩，从头顶到下巴包着布巾，脚下系草鞋，腰间若没有短刀，真就跟樵夫无异。眼睛不时离开浮标，看看旁边浸在水里的鱼篮子，或者遥望对岸游动的水鸟。

水下三四尺之处，钓丝清楚可见。成群的小鱼在钓丝周围慢慢游来游去，有时还受惊似的翻身，腹部闪一下阳光。但是再下面，水色突然变成可怕的青里带黑，钓丝也混入其中看不见了。

“老爷！”

冷不丁上面响起女人的声音。回头看去，比岸边高出一段的崖上林木中露出年轻姑娘的脸孔，在冲他笑。眼光跟十太夫相遇，便举起了拎着的包袱给他看。

可真像留衣——

十太夫蓦地想起年轻轻死去的爱妾。长得像，他一来这个温泉旅馆立刻就发现了。旅馆在山中，溯五间川而上，离城镇五十多里，就这么一家。姑娘叫牧。她父亲年轻时进镇里，在十太夫的亲戚家当过五年佣人，现在回来安然地当旅馆老板。

留衣长得像香信尼，年轻时的满寿。十太夫认为这一点谁都不知道，但后来觉得可能妻子浅尾发觉了，不由得心里犯嘀咕。

牧像留衣，但不像年轻时候的香信尼。

“吃饭吗？中午啦？”

十太夫说，牧便露出白牙笑笑，麻利地扶着树干从崖上滑下来，动作像猴子一样轻巧。

一家温泉旅馆和十几户人家，青潭边上的村子就是一个这么小的集落。被雪封闭的冬天没有人来，雪融到雪降之间人们来采野菜，耕种一点点山田，秋天拾树木的果实，伐木烧炭。

温泉旅馆热闹也只是插秧之前和秋收之后一阵子。到了雪开始融化时，泡温泉的人就趟着山路上残留的积雪，从村里背着米来了。但开始插秧，乡下人就赶紧下山回去。秋天，雪刚一飘落就慌忙离去，好像唯恐被封在山里。

牧一家也只是在那短短的时间里像是开温泉旅馆的，过后跟村里人一样多半靠山上的活计过日子。今天也应该全家进山采野菜了，看来是到了晌午，牧一个人回家来照顾十太夫。客人就十太夫一个。

“钓到了吗，官府大老爷？”

牧把包袱递给十太夫，活泼地说，蹲在水边看鱼篮子。里面有几尾小鳟鱼、鲫鱼什么的。从早上到现在就钓了这么多。

十太夫的眼睛无意地看着牧，突然停在了腰部。她半蹲着看鱼篮，从臀部到大腿露出的丰满体态很惹眼。

牧十六岁，是性格活泼的姑娘。胸脯像男孩子一样平，脸黑黑的，说话粗野，但非常有意思，十太夫的眼光好像不由得被这个姑娘所隐藏的十六岁的成熟吸引了。

“钓了不少嘛。”

牧回过头来，安慰所获不丰似的说。十太夫从牧身上挪开眼睛，解开包袱，打开了涂漆剥落的木食盒的盖子。到了这个年龄，心情还会被年轻女子的身体招惹，他觉得自己有点怪，但这也许是觉得牧像死去的留衣的缘故。

食盒中装着饭团、腌野菜、烤鲑鱼，角落还放了一些酱。十太夫抬眼扭头，牧用筷子把酱拨到食盒盖子上一点，从不远处流向潭里的小溪舀了水，用筷子搅和几下，端给十太夫，就代替了酱汤。

“唔，好像很不错嘛。”

十太夫说，张口咬饭团。撒了芝麻盐的饭团很好吃。他对牧说：

“你也吃一个吧。”

“我吃过午饭来的。”

“别客气呀，两个人吃比一个人吃饭香。”

十太夫这么说，牧伸手拿起饭团。

“老爷您真喜欢钓鱼呀，总也不腻。”

嘴里塞满饭团，牧这么说。那口吻是看这个白发男人很奇怪，不是泡温泉的季节，却从城镇来，一天又一天在青潭垂钓。

不过，如果她知道十太夫回去时把钓到的鱼大都放回潭里，带回去的只是两三尾大的，一定更觉得莫名其妙。

牧问，也钓海鱼吗。藩内的海边一半是岩礁磊磊的荒滩，到季节武士也垂钓。

“年轻的时候，”十太夫说，“年轻的时候和朋友去海边钓，比谁钓到的鱼大。”

现在十太夫觉得这里好。温泉旅馆，潭，使人怡然，心平气和。茫然垂着钓丝，仿佛在久久思索，漫长人生的终点有这样的片刻足矣。

去青潭吧，开始这么想是过了鹤之丞一周年忌辰的时候。十太夫感觉这种心绪中混杂着衰老。一周年忌辰过去了，妻子对鹤之丞的死还不能释怀，和她在一起有时难以忍受。

妻子浅尾时不时地说起鹤之丞，而且把长久考虑、推敲的带刺儿的责难话语掷向十太夫。十太夫感到，善待这种妻子的耐心在一点点丧失。这是老了的证明。

千满太继承了家业，但是比起近侍队的差事来，更热衷于修炼半年前取得资格的刀法，回家总很晚。浅尾叨叨该娶媳妇了，他一点都没有听的意思。十八岁的美根也隔天去传授短刀的中泽武馆，经常不在家。已经是结婚年龄，但是对这个年龄应该修习的茶道、琴艺不感兴趣。传闻她跟中泽武馆一个叫光村榛次郎的高徒亲近，浅尾很在意，也拿此事责难十太夫。

“明年就十九啦。”浅尾说美根的事，“还允许她去武馆，您打算把她也培养成女剑士吗？”

十太夫让兄妹三人从小就刻苦训练刀法。浅尾说，那是不对的，鹤之丞出了那种事，从根本上说，原因也在于您搞错了孩子的教育方法。

卯女走了，兄妹又经常外出，家里有时显得很凄凉。在这个家里被浅尾责难，夫妻二人好像只是靠憎恨维系着日子，于是某一天十太夫突然想到去山里。他听亲戚说过青潭旁边有一个小温泉旅馆。

“上了年纪，跟人竞争也厌烦了，这样一个人钓鱼很好。”

“可是不腻吗？”

“怎么会腻呢。”

十太夫笑了。潭周围冷杉、山毛榉成林，现在终于刚刚开始长新叶，映在水面上。布谷鸟的声音从对岸传过来，震荡着过午的澄澈空气。

“在你家还要住十来天哪。”

十太夫说这话时，牧嘘了一声，指指钓竿。

“上钩啦。”

十太夫慌忙握住竿尾插在土里的钓竿。浮标轻微地上下。他半蹲着拿好架势，牧这时正在收拾差不多吃光的食盒。

“很好吃哟。”

十太郎回头说话的当口，浮标忽地沉下去。他猛拉钓竿，却险些向前栽倒。丝线没收回十太夫手中，继续被拽进水里。竿头浸水。

“好大呀，这个！”

十太夫大叫。双脚蹬牢从水边延伸过来的松根，稳住腰，但竿子几乎被从手中拽走，一半都没进水里，而且激烈地左摇右摆。

十太夫从家里带来的钓竿出自镇上有名的工匠竿政之手，专门钓鲷鱼的，柔韧性好，非常有弹力，对付相当大的鱼也不必担心折断。丝线也用的是“竿政”店里秘传的结实之物。

拉力非常大。十太夫身体后仰拽钓丝，但咬钩的东西动也不动。而且，潭水微微荡漾的地方突然涌动，浮起来无数气泡，但仍看不见水面下的东西。十太夫忽然觉得浑身冒汗。青黑的水底有巨大的东西。

拉力又大了。双手紧握的竿子简直要被拖走。把全身的力量凝聚在手上，十太夫的身体竟然往上飘，要被拽进潭里。

“不丢竿子不行，老爷！”

牧发觉异常，发出叫喊。但十太夫不松钓竿。沉下身体，被渐渐往前拖。脚踏的松根露出地面弯曲了。

十太夫不松手。水中潜伏的东西一定是攸关自己命运的敌人，丢下竿子就要被命运打倒。他像着了魔，被这种念头缠住。

“快！”十太夫一脸凶相，回头大声喊牧，“我后背，抱住背！”

牧跑过来，从后面紧紧搂住十太夫的腰。

这时，丝线噗地断了。十太夫和牧的身体被弹出好远，仰面朝天地摔倒。由于这个冲击，十太夫不敢说是否确实看清了接着发生的事情。奇异的东西映入他眼里。

周围的空气轰然震响，天空一下子黑了，但那也许是因为飞沫像下雨一样朝二人落下来。

飞沫当中有一物跃起。那是什么样的东西，虽然跳起来展现了姿态，但十太夫的眼睛没有看得清。留在眼里的，是黑乎乎、滑溜溜、像小山一般的脊背，还有又圆又大的眼睛，红得透明，确确实实望了这边。它只是在溅起的飞沫里立起了一下，便无声无息地沉入水中。

静寂和阳光又回到潭上。布谷鸟还在叫。但是潭中异乎寻常地翻腾、拍打岸边的波浪哗哗作响，知道刚才发生的事情并不是幻觉。

巨鱼吗？

发僵的手终于从短刀柄松开，解除了紧张的架势，十太夫想。皮肤上还留着鸡皮疙瘩的感觉。竟然有那么大的鱼吗？在伊部宅院的池塘里看见的鲤鱼也大得可怕，却完全不能跟刚才看见的东西相比，这家伙要大出多少倍。

发觉哭声，十太夫回过头来。牧倒在地上抽泣。

“受伤了吗？”

十太夫问，牧摇摇头，动作像一个孩子。十太夫弯腰抱起她，说：

“害怕了吧？哪能不怕呢。”

“真怕呀。”被抱起来的牧站着紧紧搂住十太夫肩头说。

抚摸了一会儿她的后背，十太夫问：

“你看见了刚才的东西吗？”

牧默默点头。往后跌出去时，她也看见了那个奇怪的东西。

“那是什么？”

“说是鲤鱼，不清楚到底是什么。”牧终于把身体离开十太夫，脸色苍白，瞅了潭面一眼，“我听说是潭主。”

“潭主？”

“说是谁看见了谁死。”牧的眼睛里又涌起泪水，顺着面颊流落，“我，也许要死的。”

“别胡说！那是迷信，不要信。”

十太夫申斥，但牧还是一脸恐惧。快回家吧，她拽十太夫的袖子。十太夫也不反对。虽然不相信牧所言，但是换丝线继续垂钓的心情早就没有了。

收起鱼竿，把浸在水边的鱼篮子拉上来，里面的鱼都跑了，一尾不剩。大概刚才波浪涌过来时逃掉的。好像那个说是潭主的巨大东西夺回了篮子中的捕获，心里不禁又有点悚然。

十太夫拿着断了线的鱼竿和空空的鱼篮，沿着从潭通向旅馆的小径往上走，牧走在前面，给他讲村里人看见潭主而死的事情。

有一个叫与作的男人，一天，天快黑了，在能俯视潭面的斜坡上伐木，偶然看见了潭主。发觉时，巨鱼浮到贴近水面的地方，在潭中间优哉游哉，时而把乌黑隆起的背露出水面，好像在游戏。与作过后对人讲，脊背能看见背鳍的部分就足有八尺。

一半是因为害怕，与作停下手里颤抖的板斧，俯看来回游动的巨鱼。好像感受到与作的目光，巨鱼翻身沉入水底。留下巨大的漩涡，潭水轰然作响。

与作看见青潭主是秋末。不久就到了冬天，山间数户人家被雪封门。一天夜里，雪崩顺山坡而来，悄无声息，只压在与作一家的房子上，房子和里面的人都完了。现在村口那块豆地原先就是与作家的。

有一个叫丰助的男人。是樵夫，也是猎手，村里就他一个人打猎。从官府得到了持枪许可，看季节打熊或羚羊、野猪，每年两三趟去镇上，卖兽皮、胆和熏兽肉什么的。

听说镇上有商人等着丰助运下来的这些东西、不光全部收购，还特别出高价买熊胆等。

不能说丰助被村里人喜欢。因为有传闻，说他在城镇买回来的东西使家里过得很阔气，而且，可能长年跟商人打交道的缘故，说话和一些做法显得很世故。

不过，村里人一方面也依赖丰助，因为深山里的村子会突然来了冬眠前的熊，或者眼看要收获的山田里出现了野猪。丰助接到通知，就抓起枪去对付野兽，毫不畏惧，他就是这样的人。

某一年初春，丰助追赶一只羚羊，追到青潭边上，在那里猎物不见了。他知道羚羊逃到哪里去了。岸边有近乎壁立的断崖，崖坡上半掩积雪，印着他追踪而来的猎物的足迹。

羚羊一气跑上去了，足迹还很新，但那个断崖就算丰助这般老练的猎手也攀不上去。

“哼。”

丰助死了心。抱着枪，冲潭里撒泡一直憋着的尿。

这时，水面忽地翻腾，离岸三四丈远的地方漂浮着什么。丰助一边撒尿一边看那东西。那天阴天，天黑得早。丰助对追了半日的羚羊死了心，这也是原因。

弄不清水面漂浮的东西。开始弥漫的暗淡的光妨碍确认那东西。一开始以为是流木。潭里的水好像也能流动，从岸上枯折的粗大树枝会慢慢漂移。

可是，那黑东西一动不动。好像在看着这边呀，丰助这么想的时候，看见了黑黑隆起的东西上嵌着圆圆的眼睛。

“唉，唉！”

丰助喊。黑东西是鱼头，如果有那么大的鱼的话。他想起大鱼传说，打了个寒颤。莫非这就是传闻的潭主吗！

“玛瑙一般发红的眼睛看来也像在怪罪我往它住处撒尿。”虽然这么想，可丰助胆子大，即便没有举枪的胆量，还是尿到了最后。尿完尿，整理了衣服时，巨大的鱼头无声地沉入水中，只留下一片昏暗的水面。真正的恐怖向丰助袭来就是这时候。他不敢回头，爬上通向村子的小径，一溜烟地跑回家。

丰助对村里人讲了这件事，大约过了半个月，他被自己伐倒的大栗子树砸死了。

他伐木不是生手。虽然也打猎，但本行是樵夫，不会搞错自己入锯的树木放倒的方向。然而，有人从山田里看见了当时的情景，说丰助拉锯，在锯口打入楔子，挥斧最后一敲，栗子树却好像转了个身，朝他站的那边倒下。

当然丰助逃了。躲开了被树干压死，但粗大的树枝把他打翻在地，仰面朝天，接着落下来的树枝径直砸在胯股间。这是赶过来的村人亲眼所见。

“居然有这种事，怪不得你害怕呢。”

十太夫听了牧的讲述，这么说。说话之间，二人已回到牧家的院子。

“我觉得那也不能说是青潭主作祟……”十太夫看着血色还没有完全恢复的牧的脸，微微一笑，“即便是那样，恶果也是我受。要钓它的是我，你不必担心。”

虽然听了牧的话有悚然之感，但十太夫并不相信。可是，如果说这就是青潭主作祟，那么，翌日一大早恶报就出现了。

第二天早上七点多，从镇上送来了不吉的消息。是宗助送来的。

宗助连夜赶了五十多里山路，模样惨兮兮。累得脸色苍白，大概路上跌了跤，膝盖在流血。

十太夫走出来，宗助一看见就蹲在土地房间里哭起来，一边哭一边说：

“夫人叫您马上下山，美根小姐出了大事。”

六

到了镇上，十太夫带着宗助直奔美根和光村榛次郎据守顽抗的地方。十太夫让宗助回去休息，但他不听，也跟了来。

事情是光村榛次郎引起的。他昨天傍晚和几个伙伴出了中泽武馆后，跟其中一个叫野村的发生口角，突然拔刀砍了野村。眨眼之间的事，伙伴来不及制止。野村当场死亡。

光村对不知所措的伙伴说：

“我不逃不藏，你们去报告大监察吧。”

说完就走了。伙伴们慌忙把此事告诉馆主中泽喜兵卫，还有两三个人跑到大监察宅邸。这时，和光村前后脚，本来在一起的小关美根走开了，谁也没注意。

大监察长沼甚九郎当即部署，弄清了光村和美根当晚八点多出了通称狐木户的狐坊栅门，逃离城镇，这才知道二人在一起。

光村榛次郎是一百石的普通藩士之子，那天晚上没回家，到祢宜坊的伯母家准备了行装，便溜出狐坊栅门。那里有一条大路，通往藩境的关卡，通向江户。

大监察手下的众人掌握了事实以后立即追赶，在城镇往东四里远的石田村追上了二人。光村拒捕，发生了搏斗，后来光村和美根逃进村外的灌溉小屋。大监察属下的头目要求增援，从城镇又来了些人，把小屋团团围住。

小关家得知此事是昨晚快十点以后。那之前美根没从武馆回家，小关家里觉得奇怪，宗助去武馆接她，听说出了事。没想到美根会跟光村榛次郎跑，但知道她和闹事的光村之间有种种谣传，浅尾和千满太焦躁不安。千满太到大监察宅邸探听，这才清楚了全部事情，打发宗助跑到十太夫所在的温泉旅馆。

“你认为二人还活着吗？”

十太夫回头问宗助。穿街而过，好像什么事情都不曾发生，各处人来人往，商家招呼客人，头上明晃晃照耀着四月的太阳。

他觉得奇怪，街上这么安静，似乎一如既往，简直难以相信就在这太阳下的某处，自己的女儿正面临生死存亡。

莫非已经一切都结束了？这个疑念让十太夫突然那么问，但宗助断然否定。

“您别说没影儿的话！”

宗助说这边有近路，领十太夫走的路上，最下级武士的住房成排，人影稀少。二人连走带跑，穿过了这个阒寂的地方。

十太夫和宗助来到石田村外，是下午四点左右。太阳开始西斜了。

“赶上啦，老爷。”

宗助说，一下子跪在了地上，剧烈地喘息。宗助刚过三十，身体壮实，但山路跑了个来回，终究精疲力竭了。

十太夫默默环视四周。跟前的田地里有几个人，好像是大监察派遣的主要差役聚在一块儿。十太夫认出千满太夹在其中，激烈争吵着什么。

从田地那头到流过村南的小河之间是一片荒地，夹杂着芒草。散乱的石头在阳光下反射白光，芒草还留着去年枯萎的颜色，又发出新芽。芒草丛中隐藏着用白带束袖、白巾缠头的人，个个手握白刃。十太夫扫了一眼，大约有十四五个。他们一动，刀刃便闪一下光。

小题大作——

十太夫心想。就两个人，用得着十多人追捕吗？

最后十太夫看二人潜藏的小屋。灌溉小屋在荒地那边，小河近旁。紧挨着小屋，黑乎乎耸立着高出屋顶的水车，当然水车没旋转。小屋和水车沐浴夕阳，静静地立着。

美根——

十太夫这才感到悲哀慢慢地爬过心胸深处。女儿从小倔强，有时很叫人为难，现在终于干了这种事。

十太夫走进田地。好像觉察到动静，那些人回头看十太夫。千满太叫了声父亲，有几个人以目敬礼。杉户作之助也在其间。

“领头的是哪位？”

十太夫问。一看面孔就知道谁指挥现场，但特意问了一声。

“是我。”

答话的是捕役金井奥右卫门。四十多岁，看样子很倔。排头的两位家老明争暗斗时，传闻他属于早田派，也靠近伊部带刀。

十太夫当大监察时，金井已经是捕役，屡屡探听十太夫的动向，但十太夫没动他。正因为他捕役资深，为人不灵活，一旦摸透他性格，就不是那么危险的存在。有时十太夫会以将计就计、声东击西的办法利用他。

长沼甚九郎接任大监察时，十太夫也没说金井的事。他认为，长沼虽然算能势派人物，但没必要为他解除金井的捕役之职，也不必特意告诉他金井为早田派做事。而且，不管金井内心怎么想，那时候早田家老一派已经在藩内退潮。也许早田派垮台之际，金井觉察了十太夫根本不把他放在眼里。

“最胜任不过了。”十太夫夸奖金井，但内心却懊悔当年在位时为什么没把他从这个职务上撤掉。那时完全能办到。

“那个……”十太夫回头看了一眼小屋，“打算怎么解决呢？”

“我正考虑天黑之前必须处理了。”

“处理？”十太夫怒视金井，“是打算让我杀进去吗？”

“如果不出来，就不得不那样。”

金井对以前的上司虽然使用了敬语，但声音里含着执拗。

“您看那儿！”金井回头，缓缓指了指村子那边。只见黑压压一片，人们聚在村外望着这边。“村里人也说昨晚担心一宿，睡不了觉。要是今晚还那样，藩府的威信怎么办。”

“那里面……”十太夫赶紧打断金井的话，“我想你知道有我女儿。”

“确实知道。”金井挺了挺胸脯。

“让我跟女儿说说吧？”

“……”

“光村什么的杀了人，企图脱藩，我认为追捕也应该，但我女儿只是跟了他，罪很轻。从小屋放出来吧。”

“我也这么说，可……”千满太愤怒难平地说，“可他不同意！”

“不能说罪很轻吧。”金井厉声说，冲着十太夫的脸上露出傲岸的表情。十太夫感到金井对自己张牙舞爪。“令爱昨晚把我们派出的人砍伤了，应视为同罪，这一点大家意见一致。”

“不，那不对。”杉户作之助插言，“我提出了反对。我说了，光村榛次郎和小关大人家的小姐在论罪上应该画一条线，酌情处置。”

“那当然。”十太夫说，把两眼的烈火扑向金井奥右卫门，“竟然被姑娘家的刀砍伤了？不可笑吗？好像大监察竟派了一群窝囊废。”

“……”

“让我跟女儿说！为什么不行？莫非伊部嘱咐了，要是小关的女儿就别客气吗？我知道你如今也跟伊部家走得近。”

“您在说什么呢。”

金井把头扭向一旁，佯装不解。十太夫抓住金井肩头，使劲儿把他的脸扭向自己。

“你是死脑筋，这种场合处置不了，叫长沼甚九郎来！”

十太夫怒吼时背后哇地叫起来。

他吃惊地回过头来，只见一男一女从灌溉小屋里冲出来，像箭一样杀入捕手当中。同时又看见，众多捕手从芒草后面一拥而出，围住二人迎击。白刃反射夕阳，顿时荒地上闪动无数光芒，十太夫闭上了眼睛。

完了——

只能坐视。如果这时十太夫或千满太冲进去，向捕手挥刀，家就毁了。

十太夫觉出千满太连呼美根美根，好像要冲上去，赶紧睁开眼睛，呵斥：

“别动，已经晚了。”

诚如十太夫所言，千满太跑过去也来不及了。格斗眼看着宣告结束。大监察从藩士高手中选拔了捕手，而二人在狭窄的小屋里闷了差不多一天一夜，已疲惫不堪，更关键的是人数相差悬殊。

人死太简单了——

千满太跑过去，十太夫跟在后面慢慢走，心想。美根抡着刀，像离弦的箭一样冲出来的姿态烙印在眼底。忍受着心里什么东西不断崩塌的感觉，一步步迈进。

捕手们手里还握着白刃，嘁嘁喳喳地站着，看见十太夫过来，闭上嘴，闪开道。也有人解下缠头巾，以目致敬，但十太夫无视。

十太夫站到躺倒的美根旁边。千满太从她额上解下缠头巾，仰起脸，脸色苍白，不次于横卧的美根。父子默默相觑，千满太轻轻摇了摇头。

十太夫也在美根旁边跪下身。美根身穿箭翎花纹的窄袖便服，腿上系着白色护腿，布袜草鞋，是一副远行的装束。看来是彻底打算跟光村出奔他乡。

美根已经变成了一具尸骸。腋下和脖子受到的一击夺去了她性命。伤口还在滴血，但面相是安宁的。大概千满太把她的眼睛合上了，那双眼睛像睡着了一样闭着，微微张开的嘴唇仿佛还留着受到致命一击时的刹那惊讶。

这张脸反而显得很可爱，十太夫看着，抚摸女儿的面颊，还是温乎乎的。

十太夫又回想：小时候抱过，骂过，但长大以后再也不相对交谈。

根本不想管美根想什么——

只是奇怪地觉得父亲和女儿缘分薄。倘若把美根的事挂在心上，起码应该让她嫁一个合适的人家。公务之余也突然浮上过心头，但随即就忘到了脑后。

美根和浅尾的关系不这样吧。妻子担心和光村榛次郎的谣传，但美根对她怎么说的呢？

“回家啦！”

十太夫对千满太说。他把美根还紧握着的刀拽下来，交给千满太，又把掖在带子上的衣服下摆放下来，抱起了尸体。

充当捕手的藩士们已开始收起刀，解下束袖带和缠头巾，从荒地往回返。剩下数人在不远处把光村的尸体抬到从小屋卸下来的门板上。大概要送到大监察那里。

在荒地边上，十太夫和正在对回城的藩士们指示着什么的金井奥右卫门打了个照面。金井挪开眼睛，看了看十太夫抱着的美根，多肉的铅灰色脸上无所表示。

“我把女儿领回去了，没说的吧。”

“我认为可以。”

金井轻轻一礼，只说了这么一句，便挪开眼睛，转向经过身边的藩士们，又说了三言两语。追捕的藩士们先返回大监察宅邸，在那里把杀死光村榛次郎的详细经过告诉记录员，然后各自回家。金井的三言两语就是叮嘱这些事。

十太夫想，美根的事当然也要调查，记录在案，所以，说可以把尸体带回家，是金井最后让了一点步。

西边天空太阳即将落下。背后一片光过于耀眼，使树木环绕的村子像墨一样黑。十太夫和千满太从田地沿着田埂相连的小道朝那个村子走。从那里就上了刚才跟宗助来的迂回般穿过村边的道路，以尽量避开村民爱看热闹的眼睛。

上了路，那里站着两个人。黑乎乎浮现在逆光中的人影一动不动，等待着十太夫和千满太走近。是浅尾和宗助。

宗助看见躺在十太夫臂膊中的美根，忍不住用手蒙住脸，泄出了哭声，但浅尾没哭。

浅尾目不转睛地盯了美根一会儿，等到十太夫默默移步，就跟在后面走。不久从背后掷过来刺心的话。

“我知道早晚会这样。您看不出来吗？真愚蠢！”

“……”

“和光村这个人的事，我说过多少次，不能置之不管，可您却不当回事！”

十太夫恍恍惚惚想：确实这么说过，那是我去山中的旅馆之前。可是，夫妇互不理解，说话有时比外人之间的交谈更白费力气。浅尾说的话我没往心里去。

十太夫不应声，所以浅尾低低的声音更小了，变成了自虐的嘟哝：

“才十八岁，可怜的孩子啊。早知道会弄到这个地步，就不骂她那么狠了……”

怀中的美根尸体开始变冷了。颠了一下重新抱好，美根冰冷的面颊碰到十太夫的脸。

跟着鹤之丞，美根也……

在青潭看见的巨鱼黑背掠过十太夫脑际。不幸相重，真像是超出人算的厄运之手送来的。而且，现在不还在被那手拉着走吗？

愚蠢啊——

十太夫摇摇头，丢掉这个念头。回过头去，看见了美根和光村据守的小屋。小屋在衰微的阳光中小小地伫立着。野地和农田被生气勃勃的绿色覆盖，只有那小屋一带显得很荒凉。

连遭不幸使人丁减少，绳手坊的小关家更加冷清。

过了大约一年半，第二年秋天，家里好像亮起了一点灯火。千满太订婚了。他二十二岁，要过门的姑娘是郡奉行久米七郎次的小女儿以久，十七岁。婚礼定在来年春天。

时隔很久，小关家的门前出出进进又热闹起来。岁月毕竟有疗伤的力量吧，接待来客时浅尾脸上也露出了微笑。

然而，正当那种谨慎的嘈杂在小关家还余韵袅袅的时候，又发生了凶事——千满太在左内坊的路上砍了伊部传七郎。

七

那天，小关千满太从藩府执勤回来，途中绕到白银坊的末次武馆。馆主末次弥助原先在骑卫队当差，食禄一百一十石，早早把差事和家业让给了儿子，在白银坊开武馆。他当差时就被称作新田宫派高手，受人敬畏，所以武馆兴隆。

千满太幼时由父亲十太夫启蒙刀法，后来进这个武馆，如今已名列高徒之末。

他是去武馆取回数日前练功时遗忘的东西——练功之日在街上买的一双布袜子。早晚凉了，让他记起了遗忘之物。看了一会儿同门练功之后，把布袜揣进怀里出了武馆。

走到连接白银坊与对岸左内坊的笄桥时，在桥上意外地遇到一个人，是三年前离家的嫂子卯女。她好像也一下子认出千满太，微笑着款款走过来。

“好久不见了，大家都好吗？”卯女说，又马上敛容，彬彬施礼，“我担心大家为美根的事过于伤心。”

“啊，那天多谢了。”

千满太也低头行礼。美根下葬之日千满太知道这位嫂子站在送殡人后面。当然，不曾交谈。

“过这边来吧？”

卯女让千满太到栏杆边上来。桥上行人很多，太阳西斜，人们脚步匆匆。

千满太和卯女靠近栏杆。卯女又一次鞠躬。

“恭喜您，听说跟久米大人的幺女定下来了。”

“啊。”千满太红了脸，搔了搔脖子，“还有点早……”

“不早啦，”卯女教训似的说，“我嫁进小关家，那位是二十一岁。”

卯女这么说，蓦然缄默，把眼睛投向下面流淌的五间川。她说的那位是死去的兄长鹤之丞。

大概她还难以忘记哥哥。千满太暗想，看着卯女。

卯女嫁进小关家，是千满太十五岁的时候。他还记得自己觉得很骄傲，世上竟然有这么美的人，而自己可以叫这个美人大嫂。兄长去世，卯女要被送回娘家，十九岁的千满太心底既有对哥哥之死的悲戚，另外也含有将失去美丽嫂子的凄寂。

卯女应该二十五岁了，同以往一样美丽。美根葬礼时也一瞥就发现了，好像脸颊长了些肉，比以前更丰满典雅。

“大嫂，不，卯女，现今做什么过活呢？”

“我？”卯女微笑，“现今召集了一些家臣家的女孩子，教她们茶技。”

卯女的娘家是俸禄不满百石的普通藩士，算不上富裕，要回娘家时小关十太夫给了她很多钱。

十太夫说，也可以当作再嫁的费用，或者用来教喜好的茶道或歌道。卯女回到娘家，就用这个钱建了一栋房，装修成茶室，教藩士女儿茶道。

“所以，现今一点不给娘家人添麻烦，过得很舒心，都是托您父亲的福。”

“是吗，那太好了。”千满太说。

第一次听说钱的事，父亲对卯女的体贴令千满太感到快慰。大概十太夫对离去的儿媳病体很担心。这么想的同时，又想起有时全家人聚在一起办茶席，看卯女漂亮地演示沏茶。不过，那对于千满太来说不过是备受拘束的时刻。

有哥哥鹤之丞，有妹妹美根，卯女的身体还没太差，那时家里的片刻团圞，像剪影一样掠过千满太脑海。

父母之间那时已出现裂痕，但鹤之丞娶了卯女之后的一段时间，他们似乎有一点互让。但现在变了，那时候让人觉得生气勃勃的东西再不会返回这个家。哥哥和妹妹死了，卯女走了，父母抱着固执的心老了。

“耽误你时间了。”

卯女的声音把千满太吓了一跳，抬起眼睛。

“那么，”千满太急忙说，“还不打算另外嫁人吗？”

“不打算。”

卯女摇头，声音很干脆。千满太感到自己胸中有一种释然的情绪，但随即又为这种情绪羞耻。眼前的卯女若就这么一直孤芳自守，也很让人伤感。

“可是，”千满太含含糊糊地说，“年轻女人，也须考虑将来呀。有合适的良缘就应该考虑。”

卯女莞尔一笑，又默默摇了摇头。

跟卯女告别，迈步过桥，千满太觉得眼底还留着卯女的微笑，好像是看见了温柔而坚决的拒绝。

她到底……是还没忘记兄长，千满太这么想，不禁对死去的兄长有点妒羡了。

低头走路的千满太觉得有人挡在前面，抬起头。迎面是一张凶恶的脸孔。

在一过了笄桥的地方，堵住千满太去路的是伊部传七郎。此外还有几个光棍模样的人，围着传七郎站着。

“干什么？有什么事？”千满太问。

传七郎不应声，过了一会儿露出轻蔑的笑容，望着千满太。

千满太胸脯宽厚，确实是身强力壮，但个头好像比一般人高不了多少，并不那么出众。传七郎比千满太高出差不多三寸，肥肥胖胖，就显得人高马大。

这样的大汉略微腆胸，皮笑肉不笑地看人，自然有一种倨傲挑衅的印象。传七郎终于开口：

“话说得可真长啊，我都看见了。”

“什么事？”

“嘿，小关好像打算装糊涂。”传七郎左右看看伙伴，做出轻微点头似的动作。跟他一起的都是年轻人，露出迎合的干笑。

“不是在桥上跟女人说话的吗？”传七郎又把眼睛转向千满太，“喋喋不休，很快活嘛。”

“不要乱说！”千满太怒视传七郎，“那是我嫂子。”

“我知道呀。”传七郎语含讥讽，“可那女人还是你嫂子吗？是毫无关系的人吧！”

“……”

“人家是竹井家的小寡妇。”传七郎又扫了一眼伙伴，“那样的美人，我们伙伴当中也有人非常感兴趣，但还没听说小寡妇依从谁。”

千满太抱着胳膊直视发出吃吃笑声的传七郎。竹井是卯女娘家的姓。从传七郎嘴里说出这个名字就是在亵渎卯女的美丽。

“那，这就不说了。跟以前的嫂子聊得很来劲儿吧？”

“……”

“看见了吧，脸红了。”

周围的年轻人哄笑。他们仗着人多势众，拿传七郎的无理取闹当有趣。传七郎也为自己制造的空气得意忘形。

“听说你已经和久米的女儿订婚了，这种时候在大街上跟别的女人那样卿卿我我，不有点严重吗？”

“……”

“当然，我知道是过去的嫂子，莫非你跟那个漂亮嫂子以前有什么事吗？总之，非同一般，看来很亲密。”

千满太的脸苍白了。要是有了解千满太的人在这里的话，就明白那种样子是愤怒已极。可是年轻人们似乎把千满太的默不作声看作被传七郎说败了，又哄然大笑。

千满太慢慢地放下胳膊，用冷静的声音说：

“你说完了吗？”

“什么？”

“看刀！”

千满太怒吼。与吼声同时，身体略一下沉，紧接着从腰间拔出刀劈砍伊部传七郎的躯体。

传七郎是镇上最红火的一刀派影山武馆的高手，虽然被砍了，却立刻拔刀，向奔过来的千满太狠狠劈下。但擦身跃起的千满太的第二刀快了一点点，这一刀深深劈开了传七郎腋下。这就是拔刀如闪电的功夫。

伊部传七郎像是要擎刀奉献，高举双臂，把身体转了两三圈，崩塌般倒地。

“怎么样，你们几个？”

千满太把身上被伊部一刀砍坏的肩衣拽下来丢掉，冲那些人摆出架式。

“有想给伊部殉葬的，来者不拒，过来吧！”

刹那之间的交锋，传七郎的伙伴们都逃到一边，像钉住了一样挤作一团，目瞪口呆，没有人踏前一步。

他们背后，街上的人聚拢来远远围观，桥当间也黑压压挤满人，窥望情形，不敢往这边过。一会儿官吏出来就麻烦了。

千满太从怀中掏出纸拭刀，收入腰间，拾起肩衣，然后转身。没有人制止，也没有人从后面砍过来。

有一次看见过她的裸体——

从河岸的道路走进有点发暗的宅邸相连的左内坊小巷，千满太蓦地想起多年以前的小事。

那是卯女嫁来那一年，或者第二年，反正我十五六岁，千满太想。

那天晚上千满太以为没有人就进了浴室，看见卯女在冲洗。她向前弯着裸体洗头发。

不知卯女是否觉察了拉开浴室门的千满太。千满太当时抓起衣服跑回自己的房间，在黑暗中颤抖了好一会儿。

一边颤抖，一边注视着烙印在眼底的刚才看见的东西：意外丰盈的腰臀，与之相连的纤细肚腹，形状好看地向下低垂的乳房。

虽然只是在弥漫的水气和悬挂的灯光中一瞥，白皙的裸体和波浪一般被抛出的黑发却留在千满太的眼睛里，清晰得令人惊讶。

看见了不该看的东西，早晚必定被谁惩罚，那时千满太曾这样想。也许惩罚今天降临了。

刚才想，人前受辱，动刀是当然的，但也像是在伊部传七郎说中了千满太本身或许也没觉察的对卯女的暗恋时，千满太的杀意一下子爆发。

不管怎样，剖腹自裁吧——

站在绳手坊的自家门前时千满太终于恢复了平时的自我。伊部传七郎，这是一直记在心里，迟早要给他点厉害尝尝的人。杀他无悔。

在昏暗的门前，千满太穿上了拎在手里的肩衣，要端正仪容。直到这时才发现衣服前襟莫名其妙地缺了系结。

千满太抚胸。从裤带到左胸，衣服被砍破了。原来挨伊部一刀的不只是肩衣。

千满太把手伸进砍破的口子里，断为两截的布袜从怀中出来。伊部的刀砍断了布袜，稍稍划到下面的皮肤。用手指一摸，火辣辣疼。要是怀中没有布袜，也许就两败俱伤。

生与死只隔了一张纸——

千满太苦笑一下，推开小门。

当晚，十太夫打发宗助到处探听伊部传七郎的生死。查明其死无误以后，十太夫去千满太独处的房间，但去了一看，千满太已经自裁了。

十太夫想，大概千满太自信杀死了传七郎，那也未免自裁太早了。从他的死也显出他所具有的一些粗鲁，令十太夫悲哀。

不过，查明伊部传七郎生死，与其说是大体上应该进行的步骤，不如说是想让儿子的生命尽量多维持一点时间的父母心。听千满太讲了交手的始末，十太夫当即就想到伊部的儿子恐怕不会还活着。也可能千满太体察了父亲的这种心思，痛快地自我了结。

吹灭灯火，关上充满血腥的房间的门，十太夫去正房，准备挨浅尾不动声色的责怪。

八

两天后的午后三点左右，小关十太夫从一直躺着的榻榻米上霍地起身，拿起放在枕边的小包袱走出来。

大概听见了熟悉的脚步声，宗助从随从室出来。

“晚上回来。”十太夫说。

虽然他这么说，宗助还是一脸担忧，默默看着主人的脸。十太夫不理睬，转过身去。

出了门，晚秋的阳光便笼罩了十太夫。白光过于明亮，但似乎也含着冰冷。十太夫略微皱起眉头迈步。走到宅邸拐角时，墙里隐隐传来劈柴的声音，宗助又在干活了。

千满太自裁，十太夫当夜就派人把他的遗体入殓，运到家庙。此后到今天，十太夫做了这些事情——

首先，天一亮就打发宗助把他夜里写就的书简送到伊部带刀家。然后去妻子浅尾的娘家，跟户主，也就是内弟，长时间密谈之后回来。这已是昨天的晌午过后。

接着十太夫把浅尾叫到自己的房间，二人谈了什么，但话很短。浅尾不一会儿打扮一番，由女佣阿六陪伴出了家。阿六也没再回来。傍晚，小关家只有十太夫和宗助两个人。饭是宗助做的，照顾十太夫吃。

到了夜里，十太夫突然外出，一夜未归。早上满脸疲惫地回来，吃了宗助做的早饭。今天躺在家里闲过了一天。其间家老能势忠次郎派人来两趟，大监察长沼甚九郎派人来一趟，十太夫在门口应付，简简单单就把来人打发了回去。

没有要出门的迹象，宗助做了午饭，十太夫又默默吃了。宗助不时停下手里的活儿，从外面窥视一下躺卧的主人。宗助感到这个家空空荡荡，没有人气，除了十太夫横卧，就只有荒凉的风吹过。

正在走路的十太夫也感觉到这种荒废。他现在舍弃了从祖辈传下来的这个家。十太夫觉得宗助很可怜，他不知道这一点，依然干着每天固定的活计。起居间里为宗助留了钱，过后他能发现就行了。

十太夫不是去能势宅邸所在的唐物坊，也不是去大监察家所在的代官坊，从左内坊来到河岸，便渡过挨着笄桥架在上游的兔桥。对岸是制作桧木容器的工匠聚居的职人坊。从职人坊穿过去，再往南穿过相邻的寺坊，城镇到这里就结束了，周围是田地。路的正面看见了山丘尽头的杂木林和小尼庵。

被叶子几乎落尽的杂木林围着，香信尼居住的尼庵显得更小了。十太夫脚不停步，跨进庵门，穿过倾斜的日光笼罩的院落，来到宿舍入口。

无须叫门，一个人起身迎接十太夫，是香信尼。

“先请进来吧。”尼姑说，脸上露出慌张的神色。十太夫一边脱鞋一边说：

“伊部来了吗？”

“啊，刚刚回去呀，路上应该遇见的。您没见到吗？”

“没见到。”

香信尼说这边请，把十太夫领进起居室。里面，发出幽光的橱柜旁边摆着小衣柜和穿衣镜，十太夫进这个房间总觉得隐约嗅到香信尼作为女人的生活气味。

屋当间有不太大的炉子，烧着炭火，上面架着的釜发出轻微的声响。十太夫一屁股坐在炉旁。随后进来的香信尼关上纸屏，房间里便有些昏暗了。

香信尼也到炉边坐下，立刻从釜里舀水沏茶，但忽然又停住手，盯住十太夫的脸。

“听说给伊部大人发出了决斗书？”

“他说了吗？”

“是的。”

“那，他怎么说的呢……”十太夫凝视香信尼白皙的面庞，不禁想听听。

“他说，不能逃避吧。”

“哼。”

终于上钩了，十太夫想。他想起在青潭岸边钓住了巨鱼时的感触，那黏滑的黑脊背。

伊部带刀正是那超出人算、用宿命连系的毕生的敌人。争武功，争女人，后来又成为政争的对手势不两立。以为到此为止，却并非如此，两个儿子跟伊部的儿子纠葛而死，连美根的死也不能说没罩上伊部的阴影。小关家瓦解了。

十太夫让宗助送去的决斗书这样写道：窃以为一切皆源于与阁下之长年恶缘而发生，谅阁下亦因之憎恨，愿以决斗最后了结此争斗。

如果伊部用那种老腔调说什么不予接受，那他就完蛋了。不过，十太夫这么做是出于伊部也许会接受挑战的直感。失去了唯一的后嗣，伊部应该不安了，气力也衰减。

这个直觉果然没有错。十太夫接过香信尼递过来的茶碗，悠悠啜茶。内心深处有一种近乎邪恶的喜悦。反正家毁了，把一千石拉上作伴。

“不能取消决斗吗？”

“……”

十太夫抬起脸。香信尼膝行过来，头巾下的眼里溢满泪水。十太夫久久看着那双眼睛，然后轻轻摇了摇头。

“那不能。”

“也不是不明白您的心情，谅必是万念皆空。可是，争斗到这个地步就可悲了。”

“让你喟叹可不是我的本意，对不起。”十太夫低头行礼，脸上微笑，看着香信尼，“用你们的话说，被轮回带到这一步，回不去了。”

“……”

“小三郎说来这儿干什么？像我一样来惜别吗？”

香信尼转过脸去，并移动双膝，把身体稍稍离开了十太夫。

“怎么了？”

“他……”香信尼扭过头说，“来抱我。”

“……”

“想抱我一次，当作今生的纪念，就这么说的。”

十太夫想，那家伙做好了死的准备。

"吃惊了吧？说出这种不守清规的事，要被您鄙弃。"

"不，不吃惊。"十太夫微笑。感到香信尼也在考虑现在剩下的有限时间。"不鄙弃。我非常理解小三郎的心情。"

"……"

"被抱了吗？"

香信尼低着的头使劲儿摇了摇。十太郎看见她身体带有温柔，像是突然被解开了咒语的束缚。一种比俗世的女人更鲜活的色香开始包裹了香信尼。回归了满寿，十太夫想。

好像察知了十太夫的想法，香信尼忽地仰起脸，注视十太夫的眼睛湿润，胸脯激烈地起伏。

"小关大人，您呢？"香信尼低语，声音勉强能听见，但一口气说下去："想要的话，满寿不拒绝。我老早就这样下了决心。"

太晚了，十太夫在心里呻吟了一声。香信尼是在说"抱我"。十太夫痛切知道身在佛门的女人用怎样豁出去的心情才说出这句话，但大约晚了三十年。

而且，做了爱恐怕香信尼就不会活了。十太夫这么想着，伸手握住香信尼放在膝盖上的手。

"我不必了，能这样和满寿悠闲相会就足够了。"

肌肤像绸缎一般光滑柔嫩。十太夫静静抚摸香信尼的手，望着衣服下胸脯的起伏逐渐平息。

“到时间啦。”

十太夫轻轻把香信尼的手放回她膝盖上，说着站起身。香信尼也默默站起来。

“我走了。”

出了宿舍，十太夫回头，略作告别。香信尼默然伫立，但等十太夫转过身时，便从后面厉声说：

“头发也那么白了，还非去不可吗！”

十太夫没有反顾。绕过树丛，上了通向小庵门的路时又响起香信尼清澈的声音：

“没什么留恋了吗！”

十太夫回头微笑。香信尼用手蒙住脸。

满寿要制止我才那么说的吧——

出了庵门，走上薄暮笼罩的田野，十太夫想起香信尼刚才说的抱也行这句话。但立刻又想，反正事情已经过去了。

想抱香信尼，有过这样日思夜想的时期。过了四十岁，开始隐约看见了人生终点的时候，却不可思议地来了那种强烈的肉欲。正是在脾气不合却也习惯了妻子，而三个孩子也长大的时候。

好像发现了人生遗失的大对象，但也像是来自更无缘无故的晦暗深处的冲动。十太夫在初雁坊的背巷里纳了一个叫留衣的妾就是那时候。于是，生物的晦暗冲动越过去了。

十太夫沿着狭窄但踏得很坚实的田间小路快步走向五间川。左边，街镇的灯火开始闪亮了。

远离街镇的地方有一座简陋的桥，叫万斋桥。十太夫在那里往东跨过五间川。在过了桥的地方解开了携带的包袱，从中露出一双草鞋和束袖带、缠头巾。

他屈身麻利地装束。然后趴在岸边，用手掬河水，含在嘴里，站起来冲刀柄喷一口水雾。天将晚，岸边的道路上没有人注意十太夫做的事。

十太夫掉头看一度走过来的田野，只见西方有一道平缓的黑色山丘，太阳沉在它后面，只有丘顶还残留些许赤红。山丘的尽头亮着一点灯火，难以辨认是香信尼庵里的灯，还是附近百姓家的灯。那一带已经被暮色笼罩。

十太夫回顾只不过片刻，随即沿着河流向五间川下游迈步。

那里叫柳马场，是因为广阔的马场三面围绕着高大的柳树，位于从镇边顺河岸往上走大约一里处，白天能看见年轻藩士们在这里驯马，但此刻没有人迹，万籁俱寂。

十太夫翻过粗陋的马栅，进到马场里。调整了一下呼吸，扬声喊道：

“小三郎，来了吗？”

“噢。”响起回答，在昏暗的马场当间站起来一个人影。人影很小，还很远，是伊部带刀。“在这儿哪。”

“难为你来了。”十太夫说。往手上吐了一口唾沫，打开鞘口，然后慢慢朝伊部那里走。“我担心你害怕不来了。”

“废话！”远处的声音应答，“不会怕你的刀。”

“那就好。”十太夫一步一步试着脚下往前走，“决心不小啊。”

“被杀了儿子，这个世上已没有活头儿了。”伊部回以哭喊一般的声音，“决心跟你交手，死也有趣。”

“好吧，小三郎，尽情杀一场吧。”

十太郎止步。彼此之间还有数丈的距离。带刀叫道：

“使鬼奔吗，十太夫？”

“当然使。”

“还能奔吗？”带刀嘲弄地叫喊，“恐怕不会像以前那样奔了吧，十太夫。况且对付鬼奔我也有了一点招法。”

“有意思，那就让我见识见识吧。”

二人商量好了似的，都闭上嘴。十太夫拔出刀，如同把刀身扛在右肩上，摆出架式。伊部也拔出刀。

鬼奔是二人的师傅岸本六郎右卫门把曾祖父传下来的战场刀法加以改进的秘剑。是狂暴的一击必杀的绝技。

十太夫把眼睛炯炯盯住伫立的伊部，开始是缓缓向右跑，接着向左斜跑，然后向右斜跑。忽近忽远，奔跑之间脚下加速，一点点接近伊部。

伊部的身影黑乎乎地停顿在一点，随着十太夫的奔跑，谨慎地改变架式。十太夫注视那身影，一边在地面上画着之字，忽右忽左，脚下已快步如飞。

变幻的奔跑突然变成疾奔，是看见伊部变招慢了一下。好似猎鹰脱手，十太夫直扑伊部。刹那之间两人的间距缩短了。

伊部腰一沉，白刃横砍昏暗的空中。十太郎的身体像飞鸟一样从他头上掠过。一瞬间刀刃相击，伊部无声地向前栽倒。十太夫也在他身后三四米开外轰然跌落。

十太夫被深深劈砍了膝盖。不用摸就知道伊部一刀砍断了骨头。

上了年纪，跳不了以前那么高了——

十太郎喘息着想，但知道一边跳一边使出的鬼奔的最后一击劈开了伊部颜面。

“小三郎！”

喘定，十太夫拖着被砍断的左腿，爬向伊部。天黑了，只能朦胧看见伊部的身影。十太夫用手摸到伊部的鼻孔，试探了一会儿气息，又把身体靠近，摸到伊部的脖子，静静地刺了喉咙。

“好了。”

十太夫嘀咕。把半被砍断的左腿划拉过来，弄成盘腿，解下缠头巾和束袖带，仔细折叠了放在旁边，然后慢慢敞开衣襟。

“呀！”撕裂马场的黑暗，响起一声运足气力的呐喊。此后，黑暗中延续了一会儿低低的呻吟和人体蠕动的声响，终于那也停止了，周围只有拍打五间川岸的水声。雾开始覆盖了马场。

图书在版编目（CIP）数据

隐剑孤影抄 /（日）藤泽周平著；李长声译．—南京：译林出版社，2018.8（2021.7重印）
（藤泽周平作品）
ISBN 978-7-5447-6825-2

Ⅰ.①隐… Ⅱ.①藤… ②李… Ⅲ.①短篇小说－小说集－日本－现代 Ⅳ.①I313.45

中国版本图书馆 CIP 数据核字（2017）第 008695 号

隐剑孤影抄　[日本] 藤泽周平 / 著　李长声 / 译

责任编辑　王　玥
特约编辑　竺祖慈
装帧设计　金　泉　沈长磊
校　　对　张红霞
责任印制　颜　亮

原文出版　文艺春秋，2004
出版发行　译林出版社
地　　址　南京市湖南路 1 号 A 楼
邮　　箱　yilin@yilin.com
网　　址　www.yilin.com
市场热线　025-86633278
排　　版　南京展望文化发展有限公司
印　　刷　恒美印务（广州）有限公司
开　　本　850 毫米 × 1168 毫米　1/32
印　　张　10.25
插　　页　4
版　　次　2018 年 8 月第 1 版
印　　次　2021 年 7 月第 2 次印刷
书　　号　ISBN 978-7-5447-6825-2
定　　价　56.00 元